双葉文庫

口入屋用心棒

江戸湊の軛

鈴木英治

目次

江戸湊の軛《くびき》　口入屋用心棒

第一章

一

強い風にさらわれ、笛の音《ね》はほとんど耳に残らない。

だが、五十部屋唐兵衛《いそべやとうべえ》は気にせずに愛笛《あいてき》を奏《かな》でていた。

笛を吹いていると、無心になれる。これから先のことを考えずに済むのが、今は特にありがたい。

陸地を北に見ながら沖を行くこの船は、高い波に揺さぶられているが、唐兵衛は迷わずに目を閉じた。

そうしたところで、よろめいたりはしない。これまで何度も船に乗ってきたが、どんな荒天《こうてん》でも船酔いすらしたことがない。

――しかし、この龍爪《りゅうそう》と過ごせるのも、あと残りわずかか……。

どこかやわらかな笛の感触を指に覚えながら、唐兵衛は眉根を寄せた。

いずれ、龍爪には不浄な役目を押しつけてしまうことになる。

——福代《ふくよ》からもらった大切な笛なのに……。

妻に対して申し訳ない気持ちで一杯になる。

不意に、どーん、と轟音《ごうおん》が響き、唐兵衛は目を開けた。

なだらかな陸の向こうに、茶褐色の噴煙を立ち上らせる富士山が遠望できる。

その富士山が新しい火を噴いたのだ。

山頂近くで閃光のような赤い炎がきらめき、ひときわ太い煙が天をめがけて、もくもくと勢いよく上っていく。

——なんとすさまじい。

唐兵衛は目をみはった。

——まるでこの世の終わりのような……。

地獄とは、まさにあのような場所ではないかと思わせる光景である。

戌亥《いぬい》（北西）からの風に乗り、切れ目のない噴煙は駿河《するが》国から伊豆《いず》国のほうへと流れていく。伊豆国の空は、厚い雨雲が垂れ込めているかのように暗かった。

それでも、船の上空では渦のように風が巻いているらしく、火山灰がはらはらと、この甲板《かんぱん》にも舞い落ちてくる。

——あの分では……。

背筋を伸ばして、唐兵衛は空を流れる噴煙を睨《にら》んだ。伊豆国はあらゆる場所に火山灰が降り積もり、とんでもない有様になっているのではあるまいか。

農民たちは相当、難儀しているにちがいなかった。

——下手《へた》を打てば、伊豆国で飢饉《ききん》が起きかねん……。

伊豆国は幕府領であり、富士山の噴火が収束すれば、韮山《にらやま》の代官所がすべての始末に当たるはずだ。

——よい代官であればよいが……。

いや、と唐兵衛は心中でかぶりを振った。伊豆国に関しては、さほど心配はいらないのではないか。

韮山代官は江川《えがわ》家が代々太郎左衛門《たろうざえもん》を名乗ってつとめているが、常に人柄のよい当主だと、人伝《ひとづて》に聞いたことがある。

ならば、苛斂誅求《かれんちゅうきゅう》の政《まつりごと》など行わないのではないか。むしろ、心優しい政を施《ほどこ》してくれそうな気がする。唐兵衛としては、そうあってほしかった。

——それにしても……。

顔を上げ、唐兵衛は改めて富士山に目を向けた。まさか自分が生きているあいだに、あの山が噴火するとは夢にも思わなかった。

――だが、わしにとっては僥倖《ぎようこう》以外の何物でもない。やはり、天命が下ったのだ。今からやろうとしていることは、天意なのだ……。

盛んに噴煙を上げている富士山を見つめ、唐兵衛は確信を抱いた。

――やってやる。

意を決し、唐兵衛は空を覆う噴煙を改めて眺《なが》めた。

――あの様子では、火山灰は江戸にはほとんど降ってはおるまい……。

富士山からのおびただしい噴煙は、江戸を明らかに避けていた。

――将軍の威光か……。

ふん、と唐兵衛は鼻を鳴らした。

――しかしその運のよさも、もう終わりだ。

唐兵衛は、ぎらりと瞳を光らせた。

――目に物見せてやる。

昂《たかぶ》る気持ちを静めようと、唐兵衛は再び笛を奏ではじめた。すぐに落ち着くことはなかったが、吹くことに集中しているうちに少しずつ心が凪《な》いできた。

不意に、横合いから足音が聞こえた。笛を吹きながら唐兵衛が顔を向けると、船の揺れなどものともしないどっしりした足取りで、船頭の泰吉《たいきち》が近づいてきた。

唐兵衛は唇から笛を外した。

「お頭《かしら》、よい音色でございますな」

すぐそばで立ち止まった泰吉が、いかにも惚《ほ》れ惚《ぼ》れした顔で唐兵衛を見る。

「これほど風が強くとも、泰吉には笛の音が聞こえたか」

「もちろんでございます」

頬にゆったりとした笑みを浮かべ、泰吉が答えた。

「お頭の笛の音はとても優しく、心に沁《し》み入《い》ってまいりますので……」

心で聴いてくれたか、と唐兵衛はうれしくなった。

「まさに気持ちが洗われるようでございますよ」

「泰吉、いくらなんでも褒《ほ》めすぎであろう」

唐兵衛が苦笑してみせると、泰吉がとんでもないというようにかぶりを振った。

「手前の言葉に嘘偽《うそいつわ》りは一切ございません」

すっと表情を引き締めた泰吉が岸に目をやり、手で指し示す。

「御前崎《おまえざき》が見えてきました」

「ほう……」

笛を懐《ふところ》にしまい込んだ唐兵衛は手のひらをかざし、左手を見た。五町ほど北側に、緑に覆われた山が緩やかに傾斜し、海に突き出しているのが眺められた。

「あの岬を過ぎてからが難儀なのだな」

泰吉を見つめて唐兵衛は問うた。はい、と泰吉がうなずく。

「難所が待っております」

遠江《とおとうみ》国の御前崎と伊豆国の石廊崎《いろうざき》とを結ぶ航路は渡《わた》りと呼ばれ、海の難所として知られている。

黒潮が伊豆国に当たって跳ね返り、それがさらに別の潮とぶつかり合って、複雑な流れをつくり出しているのだ。おまけに凪いでいる日はほとんどない。

腕に覚えのない船頭は、遠回りを承知で駿河湾沿いに船を進ませるという。渡りとは、それほど危険な航路なのだ。

「泰吉、渡りを乗り切れるのだな」

伊豆国の先端に突き出している石廊崎の方角に目をやりつつ、唐兵衛は質《ただ》した。

「もちろんです。お任せください」

爛々《らんらん》たる目で唐兵衛を見、自信満々の顔で泰吉が請け合った。

「必ず乗り切ってみせます」

うむ、と唐兵衛は顎《あご》を引いた。

「わしは、おまえの腕を信じておる」

「ありがたきお言葉。では、手前は持ち場に戻ります」

そうしてくれ、と唐兵衛は首を縦に動かした。その場を足早に離れていった泰吉が、外艫《そとども》にさっと立った。外艫からは、船全体が見渡せる。

うなりを上げはじめた風を帆が一杯にはらみ、船足《ふなあし》が一気に増した。

まるで奔馬《ほんば》に乗っているかのような速さだ。これでは船を御《ぎょ》すのはかなり難しいであろう、と唐兵衛は実感した。

——この速さがしばらく続くのか。

難破する船が多いのも当然だな、と唐兵衛は納得がいった。

——だが、この船は大丈夫だ。難破など決してせん。

唐兵衛は、これっぽっちも疑いを抱いていない。腕利きの泰吉が舵《かじ》を取っているからではなく、天意を受けた自分が乗っているからだ。

これから唐兵衛がなすことを、天が命じてきた以上、こんなところで船が沈むはずがない。

御前崎を過ぎると、左側に続いていた陸が切れ、海が大きく口を開けた。

おお、と唐兵衛は声を上げた。雄大な裾野《すその》の広がりを持つ富士山が、なにも遮《さえぎ》るものもなく見えているのだ。

普段、海から眺める霊峰は、雄大という一言が最もふさわしい。この時季ともなれば雪に覆われて真っ白になり、その美しさは比類《ひるい》がない。

だが、今はそれが見る影もなかった。噴火による熱のせいなのか、富士山の雪はあらかた解けたようで、赤黒い地肌が露《あら》わになっている。

富士山は、火口から禍々《まがまが》しい毒を吐き出しているように感じられた。

――いや、せっかく噴火してくれたというのに、禍々しいなどと、わしはいったいなにを考えておるのだ。あの噴火こそ、まさしく天意の表れではないか。

奥歯を嚙み締めて、唐兵衛は強くかぶりを振った。深く息を吸って心を静め、静かに目を閉じると再び笛を奏ではじめる。

相変わらず風は強いが、今度は笛の音はすんなりと耳に届いた。同時に、気分がふんわりと安らぐのを唐兵衛は感じた。

やはり笛はよい、と心から思った。

――福代に習っておいて本当によかった。

亡き妻に感謝の思いを抱いた瞬間、爆鳴《ばくめい》のような、どーんという音が轟《とどろ》き、船が右に傾《かたむ》いた。

どうしたのだ、と唐兵衛は目を開けた。どうやら強い横波を受けたらしい。

それでも船はまっすぐ進んでいた。外艫に立つ泰吉も平然としたもので、顔色一つ変えていない。渡りを行く以上、このくらいの波を受けることは、端《はな》から織り込み済みなのだろう。

泰吉は、船ができるだけ横波を受けないように巧みに舵を切っているようだ。しかし、いくら腕利きの船頭といっても、すべての横波をかわせるはずもない。

――とにかく泰吉に任せておけばよい。

その思いに揺るぎはない。そもそも自分がなんとかできることではないのだ。

不意に唐兵衛は、ふっと下に引き込まれる浮遊感に襲われた。船が波の谷間に引きずり込まれたのである。

その直後、おうっ、と唐兵衛が瞠目《どうもく》したのは、正面から大波が迫ってきたからだ。

山のように迫《せ》り上《あ》がった波が、船にのしかかってきた。波頭《なみがしら》が船首に当たり、どーん、とまた大きな音が上がった。

船が上下に揺さぶられる。頭上から波しぶきが雨のように降りかかり、懐に笛をしまった唐兵衛は濡れねずみになった。

背後から、うわっ、と悲鳴のような声が聞こえた。唐兵衛はさっと振り向いた。

水夫《かこ》の一人が足を滑らせたのか、体勢を崩していた。ぐらりと体がふらつき、垣立《かきだつ》を頭から乗り越えそうになっている。

――まずいっ。

咄嗟《とっさ》に唐兵衛は体を投げ出し、右腕を伸ばした。そのときには、水夫の体は垣立を越えていた。

唐兵衛の右手は、水夫の足首をつかんでいた。間に合ったか、と唐兵衛は胸をなで下ろしたが、すぐに腕にさらなる力を込めた。

――こんなところで、仲間を失うわけにはいかん。

荒い波が水夫の顔を洗っている。ときおり肩のあたりにまで波がかかる。死の恐怖におののいているのか、水夫は手足をばたばたと動かし、もがきはじめた。

そのために唐兵衛自身、垣立を越えて海に引き込まれそうになった。右腕が肩から外れそうだ。

——まずいぞ。

顔をゆがめた唐兵衛は、力を振りしぼって水夫を引き上げようとした。だが、平静さを失った水夫は、もがき続けるばかりだ。

「じっとしておれ」

左手で垣立をがっちりと握り、唐兵衛は水夫を怒鳴りつけた。

「ど、どうか、お助けを」

上体をねじるようにして唐兵衛を見、水夫が真っ赤な顔で懇願する。まだ若い水夫であるのが知れた。

この男は、と唐兵衛は冷静に思い起こした。

——確か公助《こうすけ》といったな。公助が海に落ちそうになったのは、やはりまだ経験が浅いからであろう。

「とにかく、じっとしておれ」

厳しい声で唐兵衛は公助に命じた。

「わ、わかりました」

答えるやいなや、公助は死骸と化したかのように動かなくなった。

それでよい、と唐兵衛は思ったが、右腕の痛みはしびれに変わってきていた。がっちり摑んだはずの足首が、ずるずると滑りかけている。あと少しで手から、すっぽりと抜けてしまうだろう。

――わしはおまえを決して死なせん。死なせるものか。

右腕に渾身の力を込め、唐兵衛は公助を引き上げようとした。

そのとき、ほかの水夫たちが唐兵衛のもとに駆け寄ってきた。長い間、公助の足首をつかんでいたように感じたが、おそらくわずかな時しかたっていなかっただろう。

他の水夫たちによって公助は、あっという間に甲板に引き上げられ、横たえられた。大丈夫か、と仲間たちに声をかけられ、頰を叩かれている。

「だ、大丈夫です」

よろよろと起き上がった公助は、息も絶え絶えになっている。青い唇を震わせ、せわしい呼吸をしていた。

唐兵衛自身、しびれは治まりつつあるものの、右腕には痛みが残っていた。

――力を入れすぎたのだ。じきに治ろう。

左手を動かしてみると、そこにも痛みがあった。垣立を、あまりに強く握り締めていたからだろう。

「大丈夫でございますか」

達右衛門《たつえもん》という練達《れんたつ》の水夫が額《ひたい》に深いしわを寄せて、唐兵衛を案じた。

「ああ、大丈夫だ。さすがに公助の体は重かったが……」

「お頭、手は痛くはありませんか」

うむ、と唐兵衛はうなずいた。

「どこも痛くない」

実際には、両腕の痛みはまだ引いていなかったが、達右衛門に心配をかけたくはなかった。

「さようでございますか」

達右衛門がほっとした顔になった。

「お頭、ありがとうございました。もしお頭が身を挺してくださらなかったら、公助は死んでおりました」

これだけ潮の流れが速い冬の海に落ちて、助かる者などいるはずがなかった。

「わしにとっても、かけがえのない仲間だ。助けるのは当たり前だ」

「畏《おそ》れ入ります」

「達右衛門、持ち場に戻れ」

「わかりました」

頭を下げ、達右衛門が唐兵衛のそばを離れていった。口々に礼をいって、ほかの水夫たちも達右衛門に続く。

「ありがとうございました」

入れ替わるように公助が近づいてきて、唐兵衛に礼を述べた。唇がまだわななないている。よほど怖かったのだろう。

「公助、怪我はないか」

唐兵衛は、いたわりの言葉をかけた。公助が恐縮した顔になる。

「おかげさまでどこも怪我はありません。五十部屋さんが――」

「お頭と呼べ」

はっ、と公助が緊張した声を発した。

「申し訳ありません。もしお頭が助けてくださらなかったら、手前はもうこの世にはおりませんでした……」

「公助。次はないぞ。気をつけよ」

「肝《きも》に銘じます」

――結局は、この若者も危険な目にあわせてしまうのだな……。

胸が痛み、唐兵衛は唇を嚙んだ。

――だが、この者たちの気持ちは何度も確かめた。その上で、ついていくといってくれたのだ……。

「それでよい。持ち場に戻れ」

公助の顔を目に焼きつけて、唐兵衛は命じた。はっ、と公助がかしこまる。

「承知いたしました」

深々と低頭《ていとう》し、慎重な足取りで公助が甲板を歩いていく。

面《おもて》を上げると、外艫にいる泰吉と目が合った。ありがとうございましたというように、その場で腰を折り曲げる。

ゆったりとした笑みを浮かべることで、唐兵衛はその返答としたが、すぐに顔をゆがめそうになった。右の脇腹が、ずきりと差し込んだからだ。

いつもの痛みが来るか、と身構えたが、今回はそれきりだった。

ほっとしたが、その様子を泰吉が案じ顔で見ていた。

顔を上げた唐兵衛は、大丈夫だ、と無言で語りかけた。

二

もうよいのではないか、と湯瀬直之進《ゆせなおのしん》は眼前の釜を見つめて思った。

「荒俣《あらまた》師範代――」

瓶《かめ》の水を使って米研《こめと》ぎをしている荒俣菫子《すみれこ》に、直之進は声をかけた。

「真ん中の釜は炊《た》けたのではあるまいか」

えっ、と慌てたように顔を上げ、菫子が竈《かまど》に置かれた釜に目を据える。釜からは湯気がしゅんしゅんと音を立てて噴き出し、わずかに持ち上がった蓋《ふた》の隙間から泡が噴きこぼれていた。

「ああ、さようでございますね。炊けたと思います」

小さく笑みを見せて、菫子がうなずいた。

「気づかずに申し訳ありませぬ」

頭を下げる菫子の両目の下に、くまがあるのに直之進は気づいた。

――かなり疲れておるようだな……。しかし、それも無理はない。

昨年末、田端《たばた》村から日暮里界隈《につぽりかいわい》を焼き尽くした大火事と富士山の噴火が続き、十日あまりにわたって、大晦日も正月もなく菫子は炊き出しに奮闘しているのだ。

てきぱきとしたその働きぶりは、いかにも与力《よりき》のご内儀《ないぎ》らしい、と直之進は感心するしかない。人のために働くとの思いが、体に染みついているように感じられるのだ。

菫子は、南町奉行所の与力荒俣土岐之助《ときのすけ》の妻である。土岐之助は、直之進が特に懇意にしている定廻《じようまわ》り同心樺山富士太郎《かばやまふじたろう》の上役だ。

「湯瀬さま、その竈から薪《まき》をのけてくださいますか」

丁寧な口調で菫子が頼んできた。

「承知した」

「熱いので、火傷《やけど》しないよう気をつけてくださいね」

わかった、とにこやかに答え、直之進は腰をかがめた。くべられている薪を手早く取り出し、竈の脇に置く。

炊き上がった釜からは、今も勢いよく湯気が噴き出している。香ばしいにおいがしているのは、釜の底にお焦《こ》げができているからだろう。

「荒俣師範代」

立ち上がって直之進は呼びかけた。

すると菫子が、湯瀬さま、といって言葉を継いだ。

「道場が焼けて稽古ができなくなった今、互いに師範代と呼び合うのは止めませぬか」

なにゆえか、と直之進は問うた。

「火事で焼け出されたこの界隈の人たちへの炊き出しです。武張《ぶば》った呼び方では、皆の心も休まらぬのではありませぬか」

なるほど、と直之進は感心した。そこまで気を配れるとはさすがだ。

「承知した。では、これからは菫子どのと呼ばせてもらおう。菫子どの、このましばらく蒸《む》らせばよいな」

「おっしゃる通りです」

微笑して菫子が点頭《てんとう》する。

「湯瀬さまは男《お》の子《こ》なのに、ご飯を炊く手順をよくご存じですね」

「それか――」

直之進は快活に笑った。

「故郷の沼里《ぬまざと》から江戸に出てきて、長屋での一人暮らしが長かった。それゆえ、なんでも自分でやるしかなくてな、台所仕事も自然にこなせるようになっておった」

「一人暮らしが長かった……。さようでございましたか」

納得したように菫子がうなずいた。

「でも、まことに湯瀬さまは大したものだと、私は感じ入っております」

「いや、そんなに褒められるほどのものではない」

謙遜《けんそん》でなく直之進は口にした。

「湯瀬さまのような、いろいろと心得《こころえ》ているお方が炊き出しを手伝ってくださって、私は感謝の言葉もございませぬ」

直之進は首を横に振った。

「おきくが、炊き出しを手伝えなくなったのだ。亭主の俺が、その穴を埋めるのは当然であろう」

せがれの直太郎《なおたろう》がまたしても風邪《かぜ》を引いて熱を出し、おきくが看病に当たっているのだ。子供は七つを過ぎるまでは、いつ儚《はかな》くなってしまうか知れたものではない。子供が、七つまでは神さまからの預かり物といわれる所以《ゆえん》である。

今も直之進はせがれのことを案じているが、大丈夫だと、かたく信じている。風邪は万病の元というが、この程度のことで直太郎がくたばるはずがない。

「直太郎ちゃんの具合は、いかがでございますか」

心配そうな顔で菫子がきいてきた。うむ、と直之進は顎を引いた。

「昨日、雄哲《ゆうてつ》先生に診《み》ていただいたが、数日、静かに寝ておれば治るであろうとのことだ」

雄哲は、秀士館《しゅうしかん》の医術方の教授である。この日《ひ》の本《もと》の国に何人もいない名医の一人だ。

——そのお方が太鼓判を押してくれたのだ。案ずることはない。

「雄哲先生が……。それはよかった」

心底うれしそうな笑みを菫子が見せ、安堵《あんど》の息をついた。その瞬間だけ、菫子から疲れの色が失せた。

「菫子どの、こちらもよいようだぞ」

右端の竈に置かれた釜を、直之進は指差した。秀士館の台所には、竈が五つしつらえられている。

菫子がその釜に顔を向ける。

「はい、炊けたようですね」

「では、こちらの薪ものけるとするか」

手を伸ばし、直之進は火がついている薪を何本も取り出して土間に置いた。

先ほど火を落とした釜から、いつしか湯気が出なくなっていた。これで蒸らしは十分だろう。

「菫子どの、この釜を外に持っていってもよいか」

「お願いいたします。湯瀬さま、熱いのでくれぐれもお気をつけて」

「わかった」

うなずいて直之進は、釜の蓋の上に四本のしゃもじをのせた。羽《は》と呼ばれる釜のまわりについている鍔《つば》に、手ぬぐいを当てると釜を持ち上げ、勝手口に向かう。

米を研ぎ終えた菫子が、新たな釜を空いた竈の上にのせようとしていた。水がたっぷり入っているために釜はかなりの重さであるが、菫子は軽々と持ち上げ、あっさりと竈に上げてみせた。

——さすがは菫子どのだな……。

釜を運びながら、直之進はため息を漏らした。菫子が並外れた膂力《りよりよく》の持ち主であるのは知ってはいたものの、その姿を目《ま》のあたりにすれば、やはり感嘆せざるを得ない。

菫子が竈に新たな薪をくべはじめたのを横目に入れて、直之進は勝手口を抜けた。

秀士館の広い敷地内には、大勢の町人がたむろしていた。昨年末、二千軒もの家を焼いた大火で、焼け出された者たちである。

その火事では、秀士館も館長の佐賀大左衛門《さがだいざえもん》の屋敷が全焼するなどしたのだが、焼けずに残った建物もいくつかあった。大左衛門の意向で、秀士館は被災者に住まいと食事を供《きょう》しているのである。

重い釜を運びつつ、直之進は富士山に目をやった。

霊峰は、相変わらず噴煙を上げ続けている。ときおり山頂から赤い炎が立ち上がり、その直後に爆鳴が響き渡る。

江戸の上空は晴れているのに、西の空だけは噴煙のせいで夜のようにかき曇っている。伊豆国では、おびただしい火山灰が降り積もっているとの話を聞いた。

あの分では、と直之進は顔をしかめた。富士山のある駿河国も、無事では済まないだろう。特に直之進の故郷である沼里は、富士山のお膝元といってよい土地である。

――本当に、沼里はどうなっているのだろうか……。

ここ最近、直之進はそればかり気にしている。沼里の北にそびえる足高山《あしたかやま》が盾になってくれるだろうから、溶岩流が城下に流れ込むことはないだろう。

しかし、火山灰はどうなのか。戌亥からの風が吹き続けている以上、風下《かざしも》の沼里は影響を免れないのではないか。

――ここ数日のうちに、すでに厚く降り積もったかもしれぬ……。

直之進自身、今すぐに沼里へ飛んでいきたい。だが、江戸がこれからどうなるかわからぬ状況で、妻子を置いて沼里に赴《おもむ》くわけにはいかない。

その上、沼里に行こうにも、小田原《おだわら》から先の東海道の通行が止められているという噂《うわさ》もある。どうやら、それは事実らしい。

相州《そうしゅう》の小田原や箱根《はこね》のあたりは、おびただしい火山灰が降り積もっているのであろう。それを取り除くだけでも、いったいどれだけの労力が必要となるのか。

沼里へ行くなら海路しかあるまい、と直之進は考えている。とにかく、と思った。

――今日も、また上屋敷に行ってみよう。今はそれしか手立《てだ》てがない。

富士山から目を離して、直之進は心に決めた。富士山が噴火してから二度、直之進は沼里家の江戸上屋敷に足を運んだ。小川町《おがわまち》にある上屋敷には、こんなときでも故郷からの知らせが入ってきている様子だった。

沼里湊《みなと》を経て江戸にやってくる船は、富士山が激しく噴火を続けている今も、少なくないようなのだ。

上屋敷に行けば、沼里の今の様子が知れるにちがいない。

富士山が噴火して二日後に、直之進は上屋敷を訪ね、沼里がどうなっているか、問うてみた。ただし、そのときには、まだなんの知らせも上屋敷に入ってきていなかった。

その四日後にも上屋敷を訪れてみた。そのときは、火山灰は降っているものの、沼里に深刻な被害は出ていないという話を聞くことができた。

死者や怪我人も、出ていないとのことだった。主君の真興《さねおき》も無事だという。そのことを伝えに、海路で使者が国元から江戸へとやってきたらしいのだ。

ただし、直之進の母や親戚がどうなっているかは、まだわからない。家中の者たちの安否がわかるほどの詳しい知らせは、上屋敷には入っていなかったのである。

――とにかく、富士山は噴火してしまったのだ。今さら慌てふためいたところで仕方がない。江戸での暮らしにひたすら心を傾けよう。

今も風は戌亥の方角から吹いており、江戸に火山灰は降っていない。もし火山灰が風に流されてきていたら、江戸はとんでもない有様になっていただろう。井戸水も使えなくなるのである。

――噴火とは実に恐ろしいものだ……。

噴煙を上げ続ける富士山を再び眺めやって、直之進は改めて思った。

そういえば、ほとんど知られていないが、直之進が生まれるよりも前、今から四十年以上昔、木曽《きそ》の御嶽山《おんたけさん》が噴火し、信州《しんしゅう》や三河《みかわ》の村人が犠牲になったという話を聞いたことがある。子供の頃、近所の古老が話してくれたのだ。

――こたびの噴火でも、駿河や伊豆、相模《さがみ》の在所では犠牲が出ているのだろうか……。

直之進としては、出ていないことを祈るしかなかった。

それにしても、あの噴火は、いったいいつ収束するのか。それがわかる者は、この世に一人としていないだろう。

今や江戸の至るところで祈禱《きとう》が行われているというが、効き目はまったくない。

噴火がはじまって以来、江戸では諸式《しょしき》が値上がりしている。そのせいで庶民の暮らしにも影響が出はじめていた。

いずれ風向きが変わり、噴煙が江戸に到達するのではないかともいわれている。もしそうなれば江戸は火山灰に覆われて壊滅し、徳川の世は終わりを迎えるという噂も聞こえてくる。

――こんなときだけに、公儀を倒さんとする輩《やから》が出ぬとも限らぬ。

幕府を転覆せんと謀《はか》る者は常に存在しているはずで、その手の者は民心の不安に乗ずる機会を狙っているはずなのだ。

――富士山の噴火は、そういう連中にとって、これ以上ない好機なのではあるまいか。

そういえば、と直之進は思い出し、眉根を寄せた。

――長屋の井戸に、毒が入れられるという噂もあったな……。

それが根も葉もない噂なのか、直之進にはわからない。井戸の水を飲んで苦しむ者が出たという話は、今のところ聞かない。

しかし民心の不安は大きく、仕事などやっている場合ではないと考えている者も多いようだ。江戸を逃げ出す者も、少なからず出てきているらしい。

――逃げ出すといっても、いったいどこへ行くというのか……。

直之進としては、首をかしげたくなる。どこへ行ったところで、風向きが変われば、火山灰はその地に降り注ぐだろう。

四十年以上も前に御嶽山が噴火した際も信濃《しなの》国や三河国だけでなく甲斐《かい》国や遠江国、駿河国にも火山灰が降ったという。そのせいで凶作となり、三河国は飢饉に見舞われたそうだ。

――江戸にとどまって、皆で助け合うほうがよいのではないか……。

江戸では打ち壊しなど、まったく起きていないのだ。誰もが生きた心地がしないはずなのに、その気持ちを抑え込んで平静さを保とうとしている。

――やせ我慢なのかもしれぬが、このあたりは江戸っ子の見事さだな……。

江戸に暮らす者の一人として、直之進は皆の冷静さを誇りたい気分である。

お待たせした、と町人たちに一声かけて、長床几《ながしょうぎ》の上に釜を置いた。蓋を取ると、勢いよく湯気が立ち上った。おう、とまわりから歓声が上がる。

「いくらでもあるゆえ、遠慮はいらぬ。たくさん食べてくれ」

ありがとうございます、ご馳走になります、いただきます、と口々にいって、茶碗を手にした町人たちが長床几のまわりに輪をつくる。四人の女が進み出てしゃもじを取り、飯を茶碗に盛りはじめた。まずは最前列に陣取る子供たちに渡される。

お待たせしました、と直之進の背後で元気のよい声がした。振り返ると、門人たちが味噌汁の鍋を運んできたところだった。

味噌汁は五つ並んだ竈の左端でつくっているのだ。大鍋が長床几の上に置かれ、蓋が取られる。

味噌汁のにおいが鼻先を漂い、直之進の口中に唾《つば》が湧いた。

そこにいる誰もが立ったまま食事をはじめた。老若男女を問わず、顔をほころばせている。その様子を見て直之進も気持ちが和《なご》んだが、すぐに、はっとした。

ごごご、と不気味な音が下から聞こえてきたのだ。

——来る。

直之進が腰を落とした直後、どーん、と地面が下から突き上げられ、すぐさま強い横揺れが続いた。

わあ、きゃあ、と女子供らの悲鳴が上がった。もっとも、ほとんどの者はもう慣れたもので、箸《はし》を持つ手を止めて互いの体を支え合いながら平静さを保っている。

しばらくじっとしていたら、揺れはあっさりとおさまった。さしたる揺れではなかった。

大したことにならずに済んでよかった、と直之進は胸をなで下ろした。

——噴火だけでなく、地震もいつおさまるのか……。

噴火前から続いていた地震は、いまだに頻発しているのだ。

ほっとした様子で、皆が再び箸を使いはじめた。それを見て、直之進はその場を離れた。

かつて食堂があったところに戻ると、菫子が竈のそばでしゃがみ込んでいた。

「菫子どの、どうかしたか」

驚いた直之進は慌てて近づいた。目をみはった菫子が、びっくりしたように立ち上がる。

「いえ、なんでもありませぬ。ただ目を揉《も》んでいただけですから」

「本当か、菫子どの……」

顔を寄せて、直之進は菫子をじっと見た。菫子の目の下のくまは、むしろ濃くなっているような気がする。

「菫子どの、だいぶ疲れてきているのではないか」

「いえ、そのようなことはありませぬ」

笑みを浮かべて、菫子がきっぱりと否定する。そんな顔にも、疲労の色がくっきりと浮いていた。

——相変わらず強がっておるな。

いかにも菫子らしく、直之進はくすりと笑いそうになった。むしろ気持ちはほっこりとしている。

「だが菫子どの、しっかりと休んだほうがよいな。もし菫子どのに倒れられたら、困る人が大勢出てくるゆえ」

菫子なしで、これまでと同様、滞りなく炊き出しを行えるとはとても思えなかった。

「はい、それはよくわかっています」

素直に菫子が顎を引く。

「ならば菫子どの、今日は早く帰るのがよかろう」

「ええ、そういたします」

殊勝《しゅしょう》な顔で菫子が答え、間を置かずに言葉を継《つ》ぐ。

「私のことをお気遣いくださりましたが、湯瀬さまも、沼里のことが気がかりでございましょう……」

菫子は、直之進のことを心から案じる表情をしている。

「気がかりではあるが、今はどうにもならぬゆえ、江戸での暮らしに身を入れようと思っている。沼里には、行こうと思っても行けぬようだし……」

「ああ、東海道の通行が止められているらしいですね」

「その通りだ」

菫子を見つめて直之進は首肯《しゅこう》した。

「今日の炊き出しが終わったら小川町の上屋敷に行き、また沼里の様子を聞いてくるつもりでいる。今はそのくらいしかできることがない」

「ああ、それがよろしゅうございましょうな」

小さく笑みを浮かべて菫子がうなずいた。

「よい知らせが入っているといいですね」

菫子の言葉に、直之進はこくりと首を縦に動かした。

「俺もそう願っている」

直之進としては、やはり母の安否を知りたくてならない。

――今日、上屋敷に行って、まだ母上のことがわからぬようなら、どうにかして沼里に行くべきだろうか……。

上屋敷で沼里行きの船に乗せてもらうように依頼すれば、なんとかなるのではないか。

――乗船させてもらえるかどうかわからぬが、とりあえず頼んでみることにしよう。

しゅんしゅんと湯気を上げはじめた釜を見やって、直之進は心を決めた。

三

伊豆国に近づくにつれて潮が渦巻きはじめ、船が左右に揺れ出した。

船の至るところから、木のきしむ音が聞こえてくる。

一杯に風をはらんだ帆は今にもはち切れんばかりで、やや傾いた帆柱は悲鳴のような音を立てていた。

冷静な顔つきの泰吉が水夫に命じ、帆を少し下げさせた。それだけで帆柱の傾きは消え、船足がわずかに減じた。

それと同時に横揺れがなくなり、きしむ音もしなくなった。

垣立から身を乗り出し、唐兵衛は海面を見た。潮の流れが川のように速くなっているのに気づいた。

――これは……。

声をなくした唐兵衛は顔を上げた。石廊崎がすでに近くまで迫りつつあった。波は荒さを増してしぶきを激しく上げており、善田丸《よしだまる》を翻弄《ほんろう》しようと目論《もくろ》んでいた。

それでも、外艫に立つ泰吉は落ち着いた姿勢を崩さない。

――すべて船頭に任せておけばよい。

泰吉には全幅の信頼を寄せている。唐兵衛は、外艫のさらに後ろに目をやった。

白波の立つ海原を、激しく上下を繰り返しながら二艘の船が追ってくる。

その二艘は、唐兵衛が乗っている二千石船よりも一回りほど小さい。どちらも千五百石積みで、乗り組んでいるのは二十二人である。

二艘の船に、船名は書かれていない。湊を出た直後、唐兵衛は消すよう指示したのだ。

唐兵衛の乗っている船も、善田丸という船名を消してある。

よし、と背後に続く二艘を見つめて唐兵衛はつぶやいた。

――二艘とも、泰吉のやり方に倣《なら》っているようだな。あれなら、渡りを無事に乗り切れるだろう。

あの二艘にも、泰吉に劣らぬ腕利きの船頭が乗っているのだ。

先ほどまでくっきりと見えていた富士山は、伊豆の山々に隠れて、今は見えない。

上空を覆う噴煙は、その厚みと幅を増してきていた。太陽の光が遮られ、まるで夕方のようにあたりが暗くなった。吹雪の如く火山灰が降りはじめ、みるみるうちに甲板に積もっていく。

――これはたまらん。一刻も早く、噴煙から逃れなければ……。

黒と赤、焦げ茶が混じったような色の噴煙は、帯になって南へと流れていく。

頭上の帯から目を転ずれば青空が広がっており、見続けていると目にまぶしいくらいだ。

風は相変わらず強く、潮流にも乗って船足は速い。この分なら、四半刻（三十分）のちには噴煙の下を抜けられるのではないか。

間近に見えている石廊崎は海上に槍《やり》の穂先《ほさき》のように突き出しており、波に洗われて岩礁が見え隠れしていた。岬に近づくにつれ、なおも噴煙が厚みを増していく。そんな中、石廊崎近くの絶壁の緑が、輝くように見えていた。

――真冬だというのに、あれだけ緑が濃いのか……。

このあたりは相当に暖かいのだな、と唐兵衛は思った。

――わしの故郷も暖かいが……。

泰吉の的確な指示を受けて、善田丸は何事もなく暗い海上を進んでいく。後ろの二艘もしっかりとついてきていた。

石廊崎を回り込むように進んだ三艘の船は、相模灘に出た。左手に、相模国が望める。

――ここからでは、まだ江戸は見えんな。

江戸の海の入口は、三浦《みうら》半島に遮られているのだ。前方を見据える唐兵衛の目に、大島《おおしま》が映り込んでいた。

大島の右に利島《としま》、新島《にいじま》、神津島《こうづしま》といった伊豆七島の島が並んでいる。善田丸は、いまだに噴煙の帯の下を抜け出せていない。

どうやら、と噴煙の動きを見上げて唐兵衛は思った。熱海《あたみ》や伊東《いとう》などの伊豆の東側や大島、利島におびただしい火山灰が降り注いでいるのではないか。

かわいそうに、と同情したが、唐兵衛にできることはなにもない。

今わしがすべきことは、と目を閉じて思案する。ただの一つであろう。

「よし」

目を開けて声に出し、唐兵衛は一人うなずいた。

――大筒《おおづつ》の試し撃ちをしておくべきだ。

いざというときに使えないでは、なんのために甲板を補強し、重い物を積んできたのかということになる。

爪先立《つまさき》ちになって、唐兵衛は付近の海を見回した。富士山が火と煙を噴き上げているというのに、平素と変わらず何艘もの船が江戸へと向かっている。

――このような場所で、大筒をぶっ放すわけにはいかん。それにしても、これだけの災難がこの国を襲っているというのに、多くの船が江戸を目指しているとは。今こそが絶好の儲《もう》け時だと踏んでいるのであろう……。

商人とはわしも含めて抜け目がない生き物だな、と唐兵衛は実感した。そういう者でないと、大金を手にすることはまずできない。

「大筒の試し撃ちをするぞ。外海に向かえ」

外艫に立つ泰吉に向かって、唐兵衛は大声で命じた。

「承知いたしました」

その場でかしこまった泰吉が、唐兵衛の命《めい》を配下たちに伝える。

面舵《おもかじ》が切られ、善田丸は右にゆっくりと曲がっていく。後続の二艘もしっかりとついてくる。

大筒を放つによい場所を、唐兵衛は目で探した。

その間に水夫たちが、甲板に降り積もった火山灰の掃除に取りかかった。縄のついた桶《おけ》で汲《く》まれた海水が、甲板に勢いよく流される。水夫たちがかがみ込み、雑巾《ぞうきん》で甲板をぬぐっていく。みるみるうちに、火山灰がきれいに消えていった。

四半刻ばかり辰巳《たつみ》（南東）の方角へ航行すると、船は大島と利島のあいだを抜けた。伊豆の山々に隠れていた富士山が、また見えてきた。

霊峰の姿は、だいぶ小さくなっていた。江戸行きの航路を外れたために、唐兵衛の視界に入っている何艘かの船は芥子粒《けしつぶ》のように小さい。

富士山の噴煙はまだ頭上を覆ってはいるものの、太陽がうっすらと透《す》けて見える程度に薄くなっていた。

さらに進むと、善田丸は噴煙の下を完全に抜けた。頭上を青空が覆い、落ちてくる火山灰はまばらになった。

このあたりでよかろう、と唐兵衛は断じた。

「船を停めよ」

声高らかに命じると、帆が下ろされ、善田丸がゆっくりと停まった。後続の二艘も、善田丸の近くで停止した。

善田丸の船上では、水夫たちによって試射の準備がてきぱきと進められた。甲板に三門の大筒が引き出されてくる。公助もしっかりと働いていた。

唐兵衛は、すぐ近くに立っている水夫に命じ、後ろの二艘にも大筒を撃つように伝えさせた。

「十町先を狙え」

唐兵衛の命に応じ、三門の大筒の角度が変えられる。大筒を放つ準備がととのったと、泰吉が大声で告げた。

背後の二艘も、いつでも撃てると船上の水夫が手振りで知らせてきた。

頃はよし、と唐兵衛は心の中で深くうなずいた。

「放てっ」

右腕を振り下ろすや、唐兵衛は両耳を手でふさいだ。どーん、どーん、どーんと耳を聾《ろう》する轟音が立て続けに鳴り響いた。三門の大筒から炎が噴き出す。

唐兵衛は、胃《い》の腑《ふ》を持ち上げられたような強烈な衝撃を受けた。

筒口から吐き出された煙が、もうもうと渦を巻いて立ち上る。もし今の大筒の音が他の船に届いたとしても、富士山がまた火を噴いたとしか思わないだろう。

三つの大筒から放たれたのは、五百匁《もんめ》の玉だ。善田丸に備えられた大筒の射程は優に二十町以上もあるが、試し撃ちならば、十町で十分である。

大筒から放たれた玉が、空中に赤い弧を描いていく。やがて玉は海面に着水した。まるで鯨《くじら》が尾で水面を打ったかのような大きな水柱が三本立った。

うむ、と唐兵衛は内心でうなずいた。

――きっちり十町先だな。いいぞ。

水柱が上がった場所を確かめて、唐兵衛はにこりとした。

背後の二艘も、善田丸に少し遅れて大筒を放った。雷のような大音が二度、轟き渡り、海原を走り抜けていく。背後の二艘は、大筒を一門ずつ備えている。

宙を飛ぶ赤い玉を唐兵衛が目で追っていくと、先ほどと同じように、十町ほど先に巨大な水柱が立った。

――よし、いいぞ。

試し撃ちの結果を目の当たりにして、唐兵衛は満足だった。

――これなら十分だ。どのみち、わしらは江戸の入口に張りつくのだ。正直、十町もいらん……。

水夫たちにこれだけの腕があれば、と唐兵衛は確信した。きっとうまくいくであろう。満面に笑みをたたえ、心配そうに唐兵衛を見つめている水夫たちを見渡す。

「上出来だ。よし、江戸に向かうぞ」

おう、と水夫たちから勇ましい声が上がった。唐兵衛の命に従って大筒に覆いがかけられる。

帆が一杯に張られ、船がゆっくりと動きはじめた。帆は風を捉え、船足が一気に速くなった。後ろの二艘も、善田丸に遅れじとついてくる。

外艫を下りた泰吉が、唐兵衛のそばにやってきた。

「お頭、いかがでございましたか」

泰吉は、大筒の首尾《しゅび》をきいている。よかったぞ、と唐兵衛は即座に答えた。

「皆の腕はなまっておらん」

「手前も同じ思いでございます」

必ずこういう日が来ると確信していた唐兵衛は、危険を承知で、抜け荷相手の異国人を故郷に招いた。大筒を放つのに異国人と同じだけの技量になるまで、水夫たちを鍛えさせたのである。

――異国人をこの国に入れるなど、危うい賭《か》けだったが、わしは勝ったのだ。

だがまだなにもはじまっておらん、と唐兵衛は思った。肝心なのはこれからだ。

――必ずうまくいく。いかせてみせる。

西の空に噴煙の帯が見えるが、火山灰はもうほとんど降ってこない。唐兵衛は深く息を吸い、胸を張った。

その直後、むう、とうなり声を上げた。匕首《あいくち》で刺されたかのように、右の脇腹が鋭く痛みはじめたのだ。

――また来たか……。

差し込みの強さからして、今度のは本物だろう。

「お頭、大丈夫でございますか」

痛みをこらえて顔を上げると、唐兵衛を気遣った泰吉が、慌てた様子で顔をのぞき込んできた。

なんでもないといおうとしたが、さらに痛みが強くなり、唐兵衛はまたうめきそうになった。

だが、それでは病に負けたような気がして、全身に力を込めてこらえた。あまりの痛みに、脂汗《あぶらあせ》がこめかみのあたりから噴き出てきた。

「お頭、ここにもたれてください」

唐兵衛の肩を優しく抱いた泰吉が、垣立を手で示している。返事をしようとしたが、痛みがひどく、声が出なかった。

「お頭……」

心配顔をした泰吉が再度、呼びかけてきた。

「なに、平気だ」

おっ、と唐兵衛は思った。すんなりと声が出たことに驚く。実際に、少しずつ脇腹の痛みが和らぎつつあった。

ふう、と唐兵衛は吐息を漏らし、ゆっくりと背筋を伸ばした。脇腹をさすってみたが、先ほどまでの痛みは嘘のように消えている。

「もうなんともない」

その様子を見て大丈夫と思ったか、泰吉の手が肩から離れた。

「お頭、お顔の色がすぐれません。あまり無理はなさらないほうが……」

顔は土気色《つちけいろ》をしているにちがいない。正直、気分はよくない。吐き気もある。まるで船酔いしたかのようだ。

「いや、無理はするさ」

全身に力を込め、唐兵衛は改めて胸を張った。そうしても、脇腹の痛みはぶり返してこなかった。

「おまえにも話したが、わしには天命が下ったのだ。天意に添うには、無理をしなければならんのだ」

「おっしゃる通りでございますが……」

唐兵衛を見つめて、泰吉が切なそうな顔になる。

「そのようなお体なのに、お頭はなんとしても成し遂げるおつもりなのですね」

「死期が近いこんな体だからこそ、今こそやらねばならんのだ」

目を怒らすようにして、唐兵衛は泰吉を見据えた。畏れ入ったかのように、泰吉がかしこまる。

「よくわかりましてございます。ではお頭、手前は持ち場に戻ります」

「その前に泰吉、よいか」

はっとして泰吉が足を止める。

「おまえはよいのか。本当に死ぬことになるのだぞ」

唐兵衛を見つめて泰吉が泰然《たいぜん》とほほえんだ。

「お頭に救っていただいた命でございます。お頭がいらっしゃらなかったら、手前はここにはおりません。ほかの者たちも同様でございます。お頭とともに死ぬことに、ためらいなど一切ございません。お頭のいない世など、手前には考えられないのです」

「だがおまえには妻子がおるではないか」

「来世でまた会おうといって出てきました。女房も子供たちも納得してくれました」

納得するわけがない。この世で一番大事な者を失うのだ。しかし、唐兵衛には口に出せる言葉がなかった。

「そうか……」

ため息とともに唐兵衛はつぶやいた。

「ではお頭、持ち場に戻ります」

「そうしてくれ」

一礼して泰吉が歩き出し、外艫に立った。

――もはや引き返すわけにはいかぬ。やるしかない。

覚悟を新たにした唐兵衛は顔を転じ、富士山を眺めやった。富士よ、と心で呼びかける。

――今しばらくそのままでいてくれ。

唐兵衛は、できるだけ長い間、富士山の噴火が続いてほしかった。

その願いが叶うようにと懐から愛笛を取り出し、奏ではじめる。

――福代、おまえも力を貸してくれ。

唐兵衛は天から見守っているはずの妻に願った。強い風に搔《か》き消《け》されることなく、やわらかな音色が耳に届く。

それが福代のささやきに感じられ、そばに愛しい妻がいるような気がした。唐兵衛は夢心地になった。

福代に会いたかった。抱き寄せて、体の温もりを感じたかった。

――いや、じきに会えよう……。

ならば、と思い、笛を吹きつつ唐兵衛は一人微笑した。

死は怖くない。

四

ずいぶんとざわついている、と直之進は感じた。

小川町の上屋敷は五日前に訪れたときと同じく、落ち着きがなかった。富士山の噴火が、上屋敷で暮らす者たちに少なからず影響を与えているのだろう。誰もが沼里のことを案じ、平静でいられないのである。

こんな有様では留守居役《るすいやく》にはすぐに会えぬかもしれぬ、と直之進は考えたが、そんなことはなかった。控えの間で端座《たんざ》していると、席が温まる間もなく廊下から声がかかり、襖《ふすま》が開いたのである。

いわれるままに立ち上がって控えの間を出、案内の若侍の背を見ながら、直之進は闇の帳《とばり》が徐々に下りてきている廊下を進んだ。

——あと四半刻ほどで日が暮れるか……。

そんなことを思ったとき、前を行く若侍が、雪中に立つ鶴の図が描かれた襖の前で足を止めた。

湯瀬さまがいらっしゃいましたと襖越しに声をかけると、すぐに中から返事があった。膝をついた若侍が襖を開ける。

掃除の行き届いた八畳間に、留守居役の井畑算四郎《いばたさんしろう》が座していた。直之進が会うのは、これが三度目である。沼里家の江戸留守居役は、直之進の旧知である安芝菱五郎《やすしばひしごろう》が務めていたが、二月《ふたつき》ほど前に勘定方として国元に帰っていた。その菱五郎の後任が算四郎であった。

算四郎は三十代半ばと思える男で、涼やかな目元に人を引きつけるものがあり、物言いがはきはきしている。留守居役として他家との交渉事にいかにも長《た》けているように思えた。

――まことに、その役目にふさわしい男であろう……。

初めて会った日に直之進はそう感じたが、その印象は今も変わっていない。

「これは湯瀬どの、よくいらしてくださった」

快活な声を発し、算四郎が低頭する。

「井畑どの。お忙しいところ、またもお邪魔し、まことに申し訳ない」

敷居際で直之進は腰をかがめた。

「いえ、邪魔などと、そのようなことはありませぬ」

にこやかに笑って、算四郎がかぶりを振る。

「湯瀬どのは、殿の覚えが殊《こと》のほかめでたいお方です。こうしてお会いできるのを、それがしも楽しみにしておりますよ」

「それはありがたきお言葉です」

直之進は笑みを浮かべた。

「どうぞ、こちらに」

算四郎が手のひらで自分の前を指し示し、直之進を促した。

「かたじけない。では遠慮なく」

一礼し、敷居を越えて直之進は畳に座した。算四郎も座布団は敷いていない。

「湯瀬どの」

案内役の若侍が襖を閉めるやいなや、算四郎が呼びかけてきた。

「今日いらしたのは、沼里のことをお知りになりたいからですね」

さよう、と直之進は首を縦に振った。

「富士山が噴火してから、それがしが井畑どのにお目にかかるのはこたびで三度目。その後、国元からなにか新しい知らせが入ってきましたか」

できるだけ冷静な口調で、直之進はたずねた。直之進の問いを受けて算四郎が口を開く。

「湯瀬どのがこのあいだいらしたのは、五日前でしたね。そのあと沼里からの使者が一度、まいりました。昨日のことですが、その使者は格別に新たな知らせを持ってきたわけではありませぬ」

新しい知らせはないか、と直之進は思ったが、別に落胆はなかった。

「では、沼里の様子に変わりはないのですか」

はい、と算四郎が張りのある声で答えた。

「相変わらず火山灰は、ちらほらと降っておるようですが、それほど深刻な状況ではありませぬ。ただし、空を流れる噴煙は、沼里領の東側をかすめております。風向きが南西に変われば、沼里にもおびただしい火山灰が降り積もりましょうが、今のところは大丈夫のようです」

「それはよかった」

沼里の状況が変わっていないときいて、直之進は安堵を覚えた。

――しかし伊豆国の者たちは、さぞかし難儀しているであろう……。

申し訳ない気持ちになるが、風向きばかりは運でしかない。

「我らの殿は、いかがなされておりますか」

真興の身にはなにもないとは聞いているものの、直之進としては、やはり主君の身の上が案じられてならない。

「殿は、沼里に火山灰が降り積もった際のことをお考えになり、家臣たちにしっかりとした備えをしておくよう命じております。富士山の噴火にめげることなく、相変わらず意気盛んなご様子です」

「それはなにより」

本心から直之進は口にした。自然に笑みがこぼれる。

まだ若い主君だが、真興には人を導く力がある。その力を、富士山の噴火という非常時でも存分に発揮しているようだ。

——なにしろ、気の大きなお方だ。泰然と鎮座する富士しか知らぬまま生涯を終える者がほとんどの中、霊峰の噴火を目の当たりにできたのを、むしろ幸運くらいに思っておられるかもしれぬ……。

会いたいな、と直之進は思った。もっとも、真興は、この三月には参勤交代で江戸に出てくるはずだ。

——それを楽しみに待てばよい。

「殿だけでなく、家中の者たちも皆、無事に過ごしておる様子ですよ」

直之進をじっと見て、算四郎が告げた。

「沼里城下で、噴火による犠牲者が出たという話もないのですね」

「ありませぬ」

算四郎が断言した。

「湯瀬どのの母御や親戚の方たちも、一人一人がどうされているかはまだ判じておりませぬが、きっと大丈夫でしょう。湯瀬どのはご自分の目で、それを確かめたいのでしょうが」

「おっしゃる通りです」

間髪《かんはつ》を容《い》れずに直之進は同意してみせた。すぐに言葉を続ける。

「昨日江戸入りした使者が沼里へ戻るのに、陸路はまず無理でしょう。どうやって国元に戻られるのですか」

「船です」

予測した通りの答えが算四郎から返ってきた。

「その船に、それがしが乗ることはできましょうか」

思い切って直之進は算四郎にたずねた。

「できましょう」

算四郎があっさりといってのける。

「まことですか」

我知らず直之進は身を乗り出していた。

「ええ、まことです」

自信ありげな顔で算四郎が顎を引く。

「ただし、昨日来た使者はもう今朝の船で帰ってしまいましたが……」

そうだったのか、と直之進は少し肩を落とした。

「それは残念です……」

今日ではなく昨日ここに来ていれば、と直之進は考えた。

――もしかすると、今朝の船に乗れたかもしれぬ。

後悔の念が直之進の胸をちらりとかすめた。

――しかし、いくら母上のことが気になるからといって、おきくや直太郎を置いて沼里には行けぬ。ましてや、秀士館も大変なときだ。やはり今は、江戸での暮らしに気持ちを傾けるほうがよい。

それでも、沼里に行きたいとの思いは直之進から消えない。

「沼里からの次の使者がいつ来るか、井畑どのは聞いていらっしゃいますか」

算四郎に向けて、直之進は新たな問いを放った。

「わかりませぬが、数日のうちにはきっとまいりましょう。もし湯瀬どのが国元に戻るおつもりでしたら、次に使者がやってきたときにお知らせいたしましょうか」

算四郎のほうから持ちかけてくれた。

「お願いできますか」

「むろん」

にこりとして算四郎が請け合った。

「昨年末の大火事で秀士館が焼けて、皆が不自由な暮らしを送る中、妻子を残してそれがしがまことに沼里に行けるかどうかわかりませぬ。それでもお知らせくださるようお頼みしても、よろしいでしょうか」

「構いませぬ。湯瀬どのが乗船するかどうかにかかわらず、沼里行きの船はどのみち江戸を出ていきますので」

わかりました、と直之進は首を上下に動かした。

「では井畑どの、ご連絡をお待ちしております。どうか、よろしくお願いいたします」

「承知いたしました。秀士館に使いを走らせます」

「かたじけなく存じます。では、それがしはこれにて」

直之進は深く頭を下げ、立ち上がった。留守居役は激務である。自分のために、あまり時を取らせては悪い。

「もう暗くなっているようですので、帰路はくれぐれもお気をつけて」

直之進を見上げて算四郎が微笑した。

一礼して算四郎の前を辞した直之進は、ひんやりした廊下を歩き、玄関にやってきた。雪駄《せった》を履き、石畳の上に立つ。外はすっかり暗くなっているが、夕日の名残がまだ望めた。

懐《ふところ》から秀士館と文字の入った提灯《ちょうちん》を取り出して灯を入れ、石畳を踏んで門に向かった。くぐり戸から通りに出、足早に歩きはじめる。

——富士山が噴火してから三度目の訪問だったが、これまでで最も収穫があったのではあるまいか……。

こんな時期に、うまくすれば沼里に行けるかもしれないのだ。胸が弾んだ。

船に関しては、と直之進は足早に歩きつつ思った。

——もっと早く井畑どのにきいておけばよかったか……。

それでも、気分はよかった。歩きながら富士山を眺める。闇が深まろうとする中、富士山はうっすらとその輪郭を見せていた。今も噴煙を頂上近くから吐き出し続けているのがはっきりと知れた。

――噴火は、当分おさまりそうにないな。

風向きに変化はなく、江戸の上空は晴れている。ときおり富士山から爆鳴が轟き、地鳴りも聞こえてくる。

地面が揺れても、道行くほとんどの者は顔色一つ変えない。中には様子をうかがうように足を止める者もいるが、揺れがおさまると、何事もなかったように歩きはじめる。

直之進自身、富士山が噴火したときは、まことにこの世の終わりが来たのではないかと思ったが、実際にはそういうふうにはなりそうになかった。

だからといって、むろん民心がすっかり落ち着いたわけではない。爆鳴や地鳴りに慣れっこになったに過ぎず、やはり漠然とした不安を誰もが抱えているはずなのだ。直之進も同じである。

とにかく、と直之進は願った。

――このまま変事が起きなければよい。

さすれば、と直之進は思った。いずれ噴火がおさまり次第、江戸は以前のような平静さを取り戻すであろう。

——打ち壊しなどが起きなければよいが……。

提灯を掲げ、直之進は足早に歩き続けた。

——きっと大丈夫であろう。

それから四半刻ほどが経ち、おや、と声を出して直之進は立ち止まった。上屋敷を出て半里、下谷広小路《したやひろこうじ》に差しかかっていた。

前のほうから、なにやら騒ぎが聞こえてきたのだ。女の甲高《かんだか》い悲鳴や男の野太い怒鳴り声が耳を打つ。

——なにが起きたのだ。どこだ。

駆けるように歩きつつ、直之進はあたりに目を配った。

——あの赤提灯か……。

目星をつけた瞬間、道沿いに建つその煮売り酒屋の障子戸がひしゃげたように路上に倒れ、中から五人の男が転がり出てきた。そのうちの一人に縄暖簾《なわのれん》が巻きついている。

地を蹴った直之進は、慌てた様子で立ち上がった男たちに近づいた。五人の男は着物についた土を払いつつ、店の中をこわごわ見ている。

なにがあったのだと、男たちにきくまでもなかった。ほの暗い店の土間に一人の浪人らしき男が刀を抜いて立っているのが見えたからだ。

浪人は男たちを見ていない。別の方向に目を向けていた。

――斬り合いか。

いや、そうではなかった。浪人のすぐそばで、小女らしい若い娘がわなわなと体を震わせ、立ちすくんでいたのだ。

刀を構える瘦身《そうしん》の浪人からは殺気がほとばしり、顔はひどく上気していた。ぼんやりと視線の定まらない目で、小女を見つめているようだ。

――酔っているな。小女がなにか無礼をはたらいたのか……。

そうかもしれぬが、と直之進は思った。

――小女がなにをしたのか知らぬが、斬るほどのことではあるまい。

「お侍っ」

先ほど、煮売り酒屋から転げ出てきた男の一人が、目を血走らせて直之進に呼びかけてきた。

「どうか、おきみちゃんを助けてやってください」

ほかの四人も、お願いいたします、と一斉に頭を下げる。

「なにがあった」

店の中へ顎をしゃくって、直之進は男に問うた。

「あの浪人は高端《たかはし》さんというんですが――」

職人らしい身なりの男が息せき切って話しはじめた。

「さっきまで黙っておとなしく飲んでいたのに、急に長床几から立ち上がって刀を抜いたんです。おきみを殺してわしも死ぬって、いい出したんですよ」

はらはらした顔で、男が煮売り酒屋の店内を見やる。

「あの高端という浪人に、おきみが無礼をはたらいたわけではないのだな」

高端は、今すぐおきみに斬りかかろうという風ではない。

「はい、もちろんです。おきみちゃんは気立てのよい娘ですからね。だから、高端さんがなんで急に妙なことをいいはじめたのか、あっしらにはさっぱりなんですよ」

男は途方に暮れたような顔だ。他の男たちもどうしてあんなことになったのか、戸惑いを隠せずにいる。

「お侍、なんとかなりませんか」

すがるような表情で、男が懇願してきた。ほかの男たちも同様の顔つきをしている。

「あっしたちでなんとかできればいいんですが、やはり相手が刀を持っているとなると……」

直之進に語りかける男は、いかにも申し訳なさそうだ。なんの縁《ゆかり》もない直之進に、修羅場に飛び込んでくれと頼んでいるからだろう。

むろん、直之進に男を責める気はない。刀の怖さはよくわかっているつもりだ。なんの鍛錬《たんれん》もしていない者たちが、白刃《はくじん》を目の当たりにしただけで、すくんでしまうのは当然のことだ。

うむ、と直之進は男たちに大きくうなずいてみせた。

「このまま見過ごすわけにはいかぬ。なんとかやってみよう」

「お願いいたします」

喜色を浮かべた男たちが深々と腰を折った。

「ならば、誰か近くの自身番に走り、急いで人を呼んでくるのだ。その間に、俺があの浪人の始末をしよう」

「あの、お侍は高端さんをお斬りになるんですか」

職人らしい男が、どこか心配そうな顔できいてきた。高端は、酔わなければきっとよい男なのではないか。

「斬る気はない。刀を抜かずになんとかするつもりだ」

愛刀の柄《つか》を軽く叩いて直之進は告げた。

「さようでございますか」

男が安心した顔になった。

「さあ、早く自身番に行ってこい」

「承知いたしました」

すぐさま体を翻《ひるがえ》し、男が駆け出した。その姿を見送った直之進は、男の一人に提灯を渡した。自らに気合を入れ、煮売り酒屋へと歩き出す。

軒先《のきさき》に吊り下がった赤提灯には、作久良とあった。

——これは、さくらと読むのであろうな。

外れた障子戸をよけて敷居際に立ち、直之進は土間に立つ高端に目を当てた。

高端は刀を重そうに持っていた。

「おきみ、頼む、一緒に死んでくれ」

目に涙をためて、高端がおきみに訴えた。涙をこぼしながら、おきみが小さくかぶりを振る。唇が、いやです、と動いた。

　おきみは高端の懇願を拒絶してみせたのだ。

　――こんなときに、なかなかできることではない。大抵は、相手を怒らせないように黙っているのがせいぜいだろう。おきみは芯の強い娘にちがいない。

「高端さま、どうか、後生《ごしょう》です。おきみは、まだ十九なんです。死ぬには早すぎます」

　厨房から慌てて出てきたねじり鉢巻の男が、高端に頼んだ。店主であろう、二人の間に割って入ろうとした。

「寄るな」

　嚙みつかんばかりの勢いで高端が店主に向かって吼《ほ》え、刀を持ち上げるや、ぶんと横に払った。

　うわっ、と店主が叫び、血相を変えて横に跳びすさった。その途端、運悪く小上がりの縁《へり》に向《む》こう脛《ずね》を打ち、店主が土間にうずくまった。

　その様子を見て直之進は、どういうことなのか、わかったような気がした。

　高端の顔が赤いのは、やはり酔いのせいだろう。怒っているわけではないのだ。

ひどく酔っ払った高端は、富士山が噴火したことでこの世の終わりが近いと思い込み、急に死にたくなったのではないか。

実際のところ、小綺麗とはいえない身なりからして、暮らし向きがいいようには見えなかった。ひげは何日も剃った様子がなく、表情はすさんでいる。どうやって糊口《ここう》を凌《しの》いでいるのか。日傭取《ひようとり》でもしているのだろうか。

とにかく、と直之進は思った。高端は江戸の片隅で、目立つことなく毎日を必死に生きている類《たぐい》の男だろう。

――ただし、死にたいといっても、一人ではいやなのだな……。それで、普段から好意を寄せているおきみを、道連れにしようとしたか。

酔いが醒めればすんなりと刀をおさめるのかもしれないが、今は期待できそうにない。高端は、きっと酒に飲まれる質《たち》なのだ。剣の腕は大したことはない。先ほどの振りも鈍《にぶ》かった。

直之進は敷居をゆっくりと越えた。

「頼む、おきみ。一緒に死んでくれ」

店内に入ってきた直之進に気づかず、高端は切に頼み込んでいる。

必死に起き上がろうとしていた店主が直之進を見て、顔を輝かせた。助けに来たのがわかったようだ。

おきみは体を震わせて、相変わらず立ちすくんでいた。

「高端どの」

一間ほどまで近づき、直之進は呼んだ。

「もうよすのだ」

なんだ、とばかりに高端が振り返った。目が大きく見開かれる。

「何者だ」

「何者でもよかろう。おきみは、おぬしと一緒に死ぬ気はないのだ。さっさと刀を引け」

「いや、おきみもわしと同じ気持ちのはずだ。おきみはわしに惚れておる。なあ、おきみ」

おきみはなにもいわない。ただ、冷たい瞳で高端をじっと見ている。

「惚れているようには見えぬが」

「おきみ、ちがうのか」

おびえた顔だったが、おきみが首を横に振った。

「見ろ」

勝ち誇った顔で高端が直之進を見て、せせら笑う。

「おきみはちがいません、と首を振ったぞ」

「そうではない」

間髪を容れずに直之進はかぶりを振った。

「今おきみが首を振ったのは、惚れていませんといいたかったのだ」

「なんだと。でたらめをいうな」

怒気を孕《はら》んだ声を高端が放つ。

「きさま――」

怒りをたぎらせた高端の体が、ようやく直之進のほうに向いた。それを見て直之進は胸を撫で下ろした。

「なにかな」

冷静な声で直之進は呼びかけた。

「きさまは、わしらとは縁もゆかりもなかろう。とっとと去《い》ね」

「俺は、おきみを救いに来たのだ。去《さ》る気はない」

「おきみはわしと一緒に死にたがっている。どうせもうこの世は終わりだ。死んでしまったほうが楽だ」

「生きていればよいこともある」

「この世が終わるというのに、よいことなどあるものか。どこの誰だか知らぬが、これ以上出しゃばるようなら、きさまから斬るぞ」

「おぬしには無理だ」

なにっ、と高端が酔眼《すいがん》をぎらりと光らせた。

「わしにできぬというのか」

そうだ、と直之進は首肯した。

「おぬしの腕では俺は斬れぬ」

「ならば、わしの腕のほどを見せてやろう」

「構わぬが、刀を使えば、おぬしもちと痛い目を見ることになるぞ」

「きさまにそんな真似ができるのか。できるものなら、やってみろ」

刀を脇に構え、高端が腰を落とす。殺気が放たれはじめた。

「本気でやるのか。高端どの、後悔するぞ。番所にも行くことになろう」

「構わぬ。よいか、本当にわしはきさまを斬る。死んでもうらむなよ」

「死にはせぬ」

「軽口を叩けるのもそこまでだ。死ねっ」

叫びざま、高端が斜めに刀を振り上げた。

しかし、直之進の目には高端の斬撃は鈍く見えた。これまで直之進は、数え切れないほどの遣《つか》い手《て》と対峙《たいじ》してきたのだ。

それらの者たちとは比べものにならぬほど、素人《しろうと》同然の振り下ろしだった。

土間を蹴った直之進は素早く動いて高端の懐に入り込み、さっと拳を突き出した。

どす、と音がし、ぐえっ、と高端が苦しげな声を上げた。

鳩尾《みぞおち》に入った拳を直之進は素早く引いた。高端がなおも刀を振り上げようとするので、横に回り込んで首筋に手刀《てがたな》を浴びせた。

びしり、と鋭い音が立った。呆けたように開いた高端の口から、つうっと涎《よだれ》が垂れた。立ったまま気絶したらしく、膝が折れてへなへなと頽《くずお》れそうになった。

咄嗟に直之進は高端の体を支え、土間に横たえた。高端の手から刀をむしり取り、人のいない店の奥のほうへと投げる。

ちょうどそこに、足音荒く外から人がやってきた。自身番から駆けつけてきた男たちだろう。職人風の男の顔も見えた。

自身番から来た男たちは、いずれも刺股《さすまた》などの捕物道具を手にしていた。

「怪我はないか」

土間にへたり込んでいたおきみに近づき、直之進はたずねた。

「は、はい。ありません」

我に返ったような顔でおきみが答えた。

「お侍、ありがとうございました」

おきみが直之進に礼を述べた。

店主がおきみに駆け寄った。肩をそっと抱く。

「大丈夫か、おきみ」

「うん、なんともないよ。おとっつぁん」

おきみは店主の娘だったか、と直之進は思った。

「そいつはよかった……」

深い安堵の息をついた店主が直之進を見上げる。

「お侍、まことにありがとうございます。なんとお礼を申し上げればよいか」

「おぬしも足は大丈夫か」

「はい、おそらく」

済まなそうな表情になった店主がおきみを見つめる。

「おきみ、おとっつぁんが盾になってやれなくてすまねえ。怖かったろう」

「いいのよ。おとっつぁん。庇《かば》ってくれようとしたんだもの」

おきみが直之進を見つめてきた。

「お侍、おかげで助かりました」

もう一度、おきみが礼をいった。うむ、と直之進はうなずいた。

「おぬしが無事で本当によかった」

直之進たちのそばで高端が、自身番の者たちの手でがんじがらめにされている。もう目を覚ましており、なにが起きたのか、わからないといいたげな顔をしていた。有無を言わさず縄を打たれ、高端はふらふらとしょっ引かれていく。

「よし、終わったな」

おきみと店主に断って、直之進は外に出ようとした。

「あのお侍、お名を」

慌てたように店主がきいてきた。

「別に名乗るほどの者ではない」

にこりとして直之進は敷居を越えた。直之進に助けを求めた職人風の男が外で待っていた。

「お侍、ありがとうございました。いくら感謝してもし足りねえ」

男が深く低頭してきた。提灯を預けた男も同じ言葉を口にした。

その男から提灯を受け取り、直之進はとっぷりと暗くなった道を、足早に歩きはじめた。

五

善田丸の船首に立って、唐兵衛は空を見上げた。

夜の到来とともに、空は曇りはじめていた。星はまったく見えない。

——噴煙が、こちらに流れてきたわけではなさそうだ……。

その証拠に、江戸湾内の川崎《かわさき》沖に停泊した善田丸には、火山灰は降ってきていないのだ。

善田丸は、江戸湊に向かう航路に居座っていた。他の二艘は、善田丸の両側に二町ほどを隔てて停泊している。

唐兵衛率いる三艘の船が川崎沖に碇《いかり》を下ろしたのは、江戸湊を封鎖するためである。

唐兵衛は江戸の町のほうへと目を向けた。夜の帳《とばり》が落ちた北側の陸地にはおびただしい明かりが眺められる。

――江戸は明るいな……。

さすがに将軍の暮らす町だ。あの明るさは、まさに栄華の象徴といってよい。

再び唐兵衛は海上に眼差しを移した。夜間の航行は危険がともなう。だが、明かりを灯して江戸湾内を行きかう船はまだまだ多い。富士山の噴火で江戸に物資の不足が生じないよう、昼夜を通して輸送するためだろう。狭い海峡に停まっている三艘を、迷惑そうに避けて航行していく。

――よし、やるぞ。

唐兵衛の中で、踏ん切りはすでについている。それでも、唐兵衛は笛を吹いて気持ちを落ち着けたかった。そうすれば、すぐにでも命《めい》を下せるのではないか。やれと命じれば、配下たちは江戸に向かって航行する船めがけて、大筒を迷いなく放つだろう。

三門の大筒はすでに覆いを外され、いつでも撃てる態勢にあった。

――大筒を撃ち、船を沈めれば、もはや後戻りはできん……。

唐兵衛は暗い夜空を仰ぎ見た。そこに妻の顔を思い描く。

——福代、力を貸してくれ。

いや、福代は賛成しないかもしれんな、と唐兵衛は思った。大勢の者が死ぬことになるからだ。

——だが、ここまで来たのだ。やるしかない。目に物見せてやる。

一人の男の顔を脳裏に浮かべ、唐兵衛はぎりぎりと奥歯を嚙んだ。

「泰吉」

腹に力を入れて、唐兵衛は善田丸の船頭を呼んだ。

「お頭、なんでございましょう」

胴《どう》の間《ま》の近くに立っていた泰吉が、すぐにやってきた。

「まずは、江戸に入ろうとするすべての船に停まるよう命じ、さらに引き返すよう伝えるのだ」

「承知いたしました」

「どんな小さな船も見逃すな」

「わかりましてございます」

唐兵衛を見て、泰吉が小腰をかがめた。

「もし我らの命に応じぬ船があれば、大筒を放つのでございますね」

そうだ、と唐兵衛は肯《がえ》んじた。

「行く手の海面に向けて一発放て。もしそれで停まらなかったら、二発目は船首に当てる。それでも停まろうとしなかった場合は、船腹に穴を開けるのだ」

穴が開けば、そこから水が入って船は沈むしかないだろう。

「承知いたしました。沈む船から脱出して波間に漂う船頭や水夫たちは、どういたしますか」

「死なせるつもりはない。手はず通り、豊梁丸《とよはしまる》に救わせるのだ。救った者たちは小舟に乗せ、陸《おか》に向かわせよ」

豊梁丸とは、善田丸のあとについてきた二艘のうちの一艘である。沈む船から逃れた者を助けるために、十杯もの小舟を積んでいる。

息を吸って唐兵衛は言葉を続けた。

「二、三度船を沈めてしまえば、江戸湊に入ろうとする船は、いなくなるだろう。そうそう何度も、乗り組んでいる者たちを救うことにはならんはずだ」

「おっしゃる通りでございましょう」

「よし、まずはあの船からだ」

右腕を掲げ、唐兵衛は南を指さした。そうしても、右脇腹に痛みは走らなかった。

——たぶん治ったわけではあるまい。治らずとも構わん。

唐兵衛の瞳には、江戸を目指して航行してくる一艘の千石船とおぼしき船が映っている。十町ほど南の沖におり、盛大に明かりをつけていた。

——よく目立つ船だな。積み荷は米ではないか……。

なんとなくそう思った。最初の標的として、ふさわしいような気がする。

千石船は、行く手を遮るように停泊している三艘の船に気づいたらしく、わずかに進路を変えた。それでも、構わずに進んでくる。善田丸との距離は、すでに五町を切っている。

「龕灯《がんどう》であの船を照らせ」

三町ほどまでに迫ったところで、唐兵衛は泰吉に命じた。それに応じて、五つの龕灯が千石船に向けられた。

通常のものより大きめの龕灯に照らされて、千石船の船体が闇の中にくっきりと浮かび上がった。

そのおかげで唐兵衛には船名が読めた。一進丸《いっしんまる》とあった。

いきなり龕灯の強い明かりを向けられ、船上にいる水夫たちが戸惑ったように右往左往しているさまが見て取れた。

「停まれっ」

外艫に立った次郎兵衛《じろべえ》という水夫が、一進丸に向かって大声を張り上げた。まさに胴間声《どうまごえ》そのものといってよい。

そのときには一進丸は、すでに二町ほどまでに近づいてきていた。

「停まらぬと、痛い目に遭わせる」

次郎兵衛の声は届いているはずだが、一進丸は停まろうとする気配を見せない。

「停まるのだ。こちらは本気だぞ」

次郎兵衛の呼びかけに応じる気になったのか、一進丸の船首に一人の男が立った。

――あれは船頭か……。

腕組みをして唐兵衛は、五十過ぎと思える男を見つめた。威風を感じさせる立ち姿からして、おそらくそうだろう。

善田丸を見据えるようにして、男が声を上げた。次郎兵衛に劣らぬ大音声《だいおんじょう》である。

「なにゆえ、見知らぬ船に停まれといわれなければならんのだ。わしらは江戸に向かっておる。大切な荷を運んでおるのだ。こんなところで停まるわけにはいかん」

男の声には、怒りがたたえられていた。

「停まるのだ」

凛《りん》とした声を、次郎兵衛が夜の海上に響かせる。

「停まる気はない。きさまらは海賊か」

「そうではない。我らは、荷を奪うつもりはない」

「それなら、なにゆえ停まれというのだ」

「停まるだけではない。ここから引き返せ。我らはいかなる船も江戸湊に入れるつもりはない。おとなしく引き返したほうが身のためだ」

「江戸に入れぬだと」

声がさらなる怒気を孕《はら》む。男がすぐに言葉を続けた。

「きさまらに指図される覚えはない。どうするつもりか知らぬが、停められるものなら停めてみよ」

唐兵衛は、ちらりと善田丸の甲板を振り返った。三門の大筒の筒先は、一進丸にしっかりと向けられている。

いつでも放てる態勢は、ととのっているようだ。大筒のそばで身構えた水夫たちが、今か今かといわんばかりの眼差しを、唐兵衛に注いでいる。

「仕方ない、これでもくらえ」

次郎兵衛が大声を発した。間髪を容れずに、唐兵衛は右手を振り下ろした。

次の瞬間、どん、と腹に響く音がし、善田丸が揺れ動いた。大筒から放たれた玉が宙を突き進んでいく。

一進丸の鼻先、十間ほど手前に大きな水柱が立った。さすがに驚いたようで、船首にいた船頭とおぼしき男がのけぞった。一進丸の水夫たちは身を伏せた。水しぶきが、一進丸に豪雨の如く降りかかったのが、唐兵衛には見えた。

「なにをする」

なんとか体勢を立て直した男が叫んだ。

「次は船にぶち当てるぞ。停まるのだ」

だが、一進丸は停まろうとしなかった。無理をしてでも通り抜けようという腹のようだ。

——なんと愚かな……。

苦い顔をし、唐兵衛はかぶりを振った。

「放てっ」

再び唐兵衛は右手を振り下ろした。どん、と強烈な音がし、また善田丸が上下に揺れた。

宙を飛んだ玉は、狙い通り一進丸の船首に当たった。がつっ、と鈍い音が響き渡り、船首近くの板がえぐられて弾け飛んだ。

船首のすぐ下に、大穴が開いた。喫水線《きっすいせん》よりも高いところに穴が開いたおかげで、海水は入っていかない。

強い衝撃を受けたとはいえ、船頭とおぼしき男はかろうじて垣立にしがみついたようで、船から振り落とされなかった。

「停まれ」

一進丸に向かって、次郎兵衛が大声を放った。船首をやられて速度が落ちたとはいえ、一進丸はさらに海上を進んでいく。

——まだわからぬか。

唐兵衛は少しあきれた。

「いったいなんの真似だ」

船首の男が怒鳴り声を浴びせてきた。それには答えず、外艫にいる次郎兵衛が声を張り上げる。

「これが最後だ。直ちに引き返せ」

一進丸の船足を見守るが、引き返そうとする気配はない。

――致し方ない。

「放てっ」

唐兵衛の声が響き渡った瞬間、またも、どん、と大筒が火を噴いた。その直後、ばきん、と板が割れる音が聞こえ、一進丸の船腹に丸い穴が開いた。

胴の間に置かれていた荷が、玉が当たったことで大きく動いたのか、一進丸が一気に傾いた。そのせいで、船腹に開いた穴へと、海水が勢いよく流れ込んでいく。

一進丸の傾きが大きくなっていく。徐々に船体が沈みはじめ、喫水線がじりじりと上がっていく。ぎぎー、と木がきしむ、いやな音がしはじめた。

――船の断末魔の叫びだな。

一進丸から、水夫たちが海に飛び込みはじめている。船頭らしい男は、まだ船首にいた。その場所から、乗り組んだ者すべてが船を脱するのを見守っているようだ。

うむ、と唐兵衛は深くうなずいた。

――それでこそ船頭といえよう。船を御するに値する者だ。

「よし、小舟を出せ」

背筋を伸ばして唐兵衛は泰吉に命令した。

「はっ」

かしこまって泰吉が答えた。すぐに豊梁丸へとその旨が伝えられる。

一進丸はほとんど水に没した。おびただしい泡が海面に上がってきていた。すでに一進丸の水夫たちは暗い海を泳いでいる。どこにいるのかわからないが、あの船頭とおぼしき男も一緒であろう。

――暗く冷たい海だ。さぞかし寒かろう。

早く舟に上げてやらなければ、命に関わる。

豊梁丸からすでに下ろされていた四艘の小舟が動き出した。そのうち二艘には鉄砲を手にした配下たちが乗り込み、残り二艘は空舟である。

四艘の小舟は、一進丸に乗り組んでいた者たちに向かっていく。一進丸の者たちが集まって泳いでいる場所に近づくと、配下の手によって二艘の空舟が、ぐいっと押し出された。

木の葉のように空舟は海面を動き、一進丸の者たちの中にゆっくりと進んでいった。男たちが群がり、空舟に次々に上がり込んでいく。誰もが海の冷たさに震え、疲れ果てているようだ。

無事、小舟に乗った一進丸の者たちを見やって、唐兵衛はほっと安堵の息をついた。

「泰吉、波間に取り残されている者はおらぬな」

暗い海面を眺めて唐兵衛はきいた。

「いないと思います」

泰吉の声が、唐兵衛の耳に入り込む。

「それでよい」

千石船には、たいてい十六人ほどが乗り込んでいる。一進丸の者たちに与えられた舟は小さいが、十六人くらいなら十分に乗れる。

早く岸に上がって濡れた体を温めるがよい、と唐兵衛は思った。

一進丸の者たちが乗った小舟には、櫂《かい》が用意してある。あの船頭とおぼしき男が全員の無事を確かめている。小舟が動きはじめ、西を目指し、あっという間に闇の向こうに消えていく。

これで、と小舟を見送って唐兵衛は思った。

――公儀の者どもに、我らの行いが知れよう。これは義挙《ぎきょ》だ。だがやつらは義挙などと思わず、暴挙だと考えるであろうが……。

どうでもよかった。とにかく、はじまったのだ。

これから先は、一瞬たりとも気を緩めることはできない。

「泰吉――」

唐兵衛は善田丸の船頭に呼びかけた。

「小舟を下ろせ」

善田丸にも一艘だけだが小舟が積んである。

「承知いたしました」

一礼し、泰吉がその場を去った。泰吉の命を受けて、水夫たちがきびきびと動きはじめる。手際よく一艘の小舟が下ろされ、善田丸の脇に浮かんだ。

「猪十郎《いじゅうろう》、こっちに来い」

水夫頭《かこがしら》をつとめる男を、唐兵衛は手招いた。はっ、と返答し、猪十郎が近づいてきた。唐兵衛のそばで足を止める。

「覚悟はよいか」

厳しい目を当てて唐兵衛は猪十郎に問うた。

「もちろんでございます」

唐兵衛を真剣な瞳で見返して、猪十郎がはっきりとした口調で応じた。

「猪十郎。おぬしはまちがいなく死ぬことになるぞ。後悔せぬか」

こうきけば、返ってくる答えはわかりきっている。

「後悔など、決してあろうはずがございません」

強い口調で猪十郎が告げる。やはりな、と唐兵衛は思った。思った通りの答えである。

「わかった。猪十郎、行ってくれ」

「はっ、行ってまいります」

元気のよい声でいって、猪十郎が辞儀した。

「頼んだぞ」

手を伸ばし、唐兵衛は猪十郎のがっしりとした肩をつかんだ。

「うまくやれ」

「必ずや」

背筋を伸ばし、胸を張った猪十郎は自信ありげな顔をしている。

唐兵衛に向かって丁寧に一礼するや、猪十郎は体を翻し、垣立から下ろされた綱を伝って小舟に降り立った。猪十郎が選抜した九人の男が、唐兵衛に別れを告げる。

唐兵衛はその者たち一人一人の顔を、じっくりと見た。

――わしに命を捧げてくれる者たちだ。まだ若いのに、この者たちも死なねばならん……。

福代の悲しそうな顔が浮かんできた。福代はこの者たちをかわいがっていた。もう悩むな、と唐兵衛は自らに強く言い聞かせた。

――もうはじまったのだ。後戻りはできん。

福代の顔を唐兵衛は無理に押しのけた。十人の配下が乗った小舟が、江戸の町を目指しはじめる。

――猪十郎、やるのだ。情けはいらん。

小舟を見送った唐兵衛は強く念じた。

第二章

一

どん、と音がした。

——今のは爆鳴か……。

提灯を持ち上げ、倉田佐之助《くらたさのすけ》は富士山に目を向けた。

刻限は、すでに五つ（午後八時）になろうとしているであろう。夜を迎えて暗くなった空は、どんよりと曇っている。

だが、富士山のあたりは雲が払われて、霊峰の姿はぼんやりと望めた。

さっき聞こえた爆鳴は富士山が発したものではないようだ。

その証拠に、噴煙を上げ続けてはいるものの、富士山の火口からそれらしい炎は立ち上っていない。

富士山の爆鳴より小さい音だったが、腹に響いてきた。

富士山が発したものでないとしたら、と佐之助は考えた。いったいどこから聞こえてきたのか。

南の方からのような気がする。

――海の方角か……。

佐之助が首をひねったとき、また先ほどと同じ音が耳に届いた。

――まちがいなく南からだ。しかし、なにゆえ爆鳴が海のほうから……。

わけがわからず、佐之助は歩きながら振り返った。

目に入ってきたのは、佐之助の後ろについている築田七之丞《つきだしちのじょう》と埜々山弓太郎《ののやまきゆうたろう》の顔である。

少し驚いたような表情で、二人が佐之助を見る。

「どうかされましたか、倉田師範代」

首を傾《かし》げて七之丞がきいてきた。弓太郎も怪訝《けげん》そうな顔つきをしている。

――この者たちには、今の爆鳴が聞こえておらぬのか……。

佐之助には、そのほうが不思議だった。

――それとも、二度とも富士が発したものだとでも思っているのか……。

「いや、なんでもない……」

前に向き直りつつ佐之助は言葉を濁《にご》した。わずかに歩調を緩《ゆる》める。

――江戸の海で、なにか変事が起きたのだろうか……。

佐之助が眉根を寄せた直後、三度目の爆鳴が聞こえた。やはり南からである。

あの音の正体を確かめたいとの衝動に、佐之助は駆られた。海に行けば、なにが起きているのか、わかるのではないか。

――よし、行ってみるか。

即座に決意した佐之助は足を止めるや、踵《きびす》を返した。七之丞と弓太郎が、びっくりして立ち止まる。

「いかがなされましたか、倉田師範代」

瞠目して弓太郎がきく。

「海の見える場所へ行く」

「えっ、今からですか」

これは七之丞が問うた。

「そうだ」

「倉田師範代、まことに行かれるのですか」

弓太郎が、しげしげと佐之助の顔を見る。いま佐之助たちは、浜町河岸《はまちょうがし》にかかる栄橋《さかえばし》の袂《たもと》、富沢町《とみざわちょう》に差しかかったところだった。秀士館まであと半刻は優にかかる。

目の前の若い二人は、おそらく空腹でならないのだろう。昼食を食べて以来、今までなにも腹に入れていないのだ。秀士館に戻れば、食事にありつけるのである。

「無理強いはせぬ。俺だけで行ってくるゆえ、おまえたちは秀士館に先に戻れ」

柔らかな口調を心がけて佐之助はいい、七之丞と弓太郎のあいだをすり抜けて歩きはじめた。

「倉田師範代、一緒に行かせてください」

慌てた様子で二人がついてくる。いったん足を止めて佐之助は二人に告げた。

「おまえたちは、腹が減っているのであろう。無理をせずともよい」

「いえ、一緒に行かせてください」

強い光を瞳にたたえ、七之丞が頼み込んできた。弓太郎も頭を下げている。

「わかった。ただし、一緒に行くのであれば決して弱音を吐くな」

二人を見据えて佐之助は釘を刺した。

「承知しました」

七之丞と弓太郎が同時にかしこまった。

「倉田師範代、なにゆえ海が見える場所に行かれるのか、教えていただけませぬか」

丁寧な口調で七之丞が申し出る。うむ、と佐之助は再び歩き出した。

「先ほど気になることがあった。海のほうでなにかあったとしか思えぬのだ」

「気になることとは」

「爆鳴がした」

「えっ、爆鳴……。それは、富士山のものではありませぬか」

「方角がちがう。爆鳴は三度聞こえたが、いずれも海のほうからだった」

「えっ、三度も……」

信じられないとの思いが七之丞の声にこもる。

「どうやら、おまえたちには聞こえなかったようだが……」

「はい、海のほうからの爆鳴は耳にしておりませぬ」

弓太郎が申し訳なさそうな顔になる。

「それがしも同じです」

七之丞が声を落とし、間を置かずに佐之助にたずねる。

「では、先ほど倉田師範代が振り向かれたのは、海のほうから爆鳴が聞こえたからですか」

そうだ、と佐之助はうなずいた。

「海で爆鳴とは、いったいなにがあったのでしょう」

さすがに興《きょう》を引かれたような声で、弓太郎がきいてきた。

「そいつは、行ってみぬとわからぬ」

「さようですね……」

佐之助は足早に歩き続けた。七之丞と弓太郎も遅れじとついてくる。

すると、また爆鳴が聞こえてきた。

ただし、今度のは富士山からだった。頂上付近から、赤い火柱が立ち上がっている。

——それにしても噴火というのは、すさまじいものだ……。

富士山が噴火して十日以上たつが、佐之助は火と煙を噴き上げる光景にいまだに慣れない。富士山から爆鳴がするたびに、いつも目をみはって霊峰を眺めている。

それは江戸の町人たちも同じらしく、夜が更けつつあるというのに、道に立って富士山を仰ぎ見ている者がかなりいるのだ。

不安げな顔で富士山に目を向けている者だけでなく、感嘆の思いを露わに眺めている者が少なくない。

――俺は、富士の噴火を目の当たりにできてむしろ喜んでおる……。

この国の長い歴史の中で、日《ひ》の本《もと》一の山の噴火を目にした者が、いったいどれだけいるかと考えたとき、佐之助は心の弾みを抑えきれないのだ。

――その場に居合わせられたのは、幸運以外のなにものでもない。

もちろん、火山灰が降り注いでいる土地では、難儀しているにちがいない。

そういうところには同情の念を禁じ得ないが、噴火の害が及ばぬ江戸の者にとっては、対岸の火事に思えてしまうところは否めない。

富士山の噴火は、どれほどの大金を払ったところで見られるものではない。時が合わない限り、目にすることなど決してできないのだ。

――このようなことを考える俺は不遜《ふそん》だろうか……。

まちがいなくそうであろう、と佐之助は思った。

――だが、俺と気持ちを同じくする者は、江戸中にいくらでもいるはずだ。

もっとも、その物見高い気持ちは、江戸におびただしい火山灰が降りはじめれば、あっという間に吹き飛ぶだろう。

巷間《こうかん》いわれているように、と歩きながら佐之助は考えた。いずれ風向きが変わり、江戸に火山灰が降る日はやってくるのだろうか。もしそうなれば、江戸は壊滅するかもしれない。

——なんといっても、井戸水が飲めなくなるのだ……。

水がなければ、人は生きられない。戦国の昔に堅城を降伏させる最も有効な手段は、水を断つことだった。

飲み水を断たれれば、城兵はその後、七日も生きられなかったという。苦しみながら死を待つしかないところまで追い込まれれば、城主も城を開くしか道はなかったであろう。

もし火山灰が江戸に降り注ぎ、水が飲めなくなったら、と佐之助は思った。

——公儀にどれほど有能な者がいても、江戸に住む者すべてに飲み水を行き渡らせることなど、まずできまい。

水が飲めなくなったせいで、もしおびただしい死者が出たら、公儀に対して多くの者が不満を抱くはずだ。

民衆のその気持ちにつけ込もうとする者も、あらわれるかもしれない。その手の者は、富士山の噴火も、公儀の政《まつりごと》に天が怒っているからだと、民衆をそそのかすに決まっている。

民の不満を煽《あお》り立て、それを公儀転覆へとつなげようとするのが常道である。

――その手の動きは、なんとしても阻止しなければならぬ。

もともと御家人の出の佐之助は、将軍への忠誠心が強い。富士山の噴火に乗じた不穏な動きや蠢動《しゅんどう》がないかと、秀士館の門人二人を連れて市中の見廻りをしていたのだ。

むろん、困っている者がいれば助けようという気持ちもある。そのために佐之助たちは、朝からずっと歩き回っていた。

不意に、背後から七之丞の感嘆の声が聞こえてきた。

「しかしすごいなあ……」

なにをいっているのだ、と佐之助は内心で首をかしげたが、すぐに見当がついた。富士山の噴火に対してであろう。

「富士のことか。噴火から十日以上も経つが、おさまる気配がないな」

七之丞と肩を並べる弓太郎が答える。

「こんなことをいっては申し訳ないが、自分が生きているあいだに富士山が噴火してくれて、俺はよかったと思っている」

――七之丞も俺と同じだったか……。

「実は、俺もそうなのだ」

あたりをはばかるような小声で、弓太郎が応じた。

「あれほどの見世物は、滅多に目にできるものではないゆえな」

「だが、いつ噴煙がこちらにやってくるか、知れたものではない。それゆえ、そろそろ収束してほしくもあるのだが……」

「まことにその通りだ」

七之丞の言葉に、弓太郎が同意した。それで二人の会話は終わり、佐之助の周囲に静けさが戻ってきた。今は自分たちの足音しか聞こえない。

相変わらず道沿いに立って富士山見物をしている者は多いものの、夜が更けつつある江戸の町は静寂を保っていた。海の方角からの爆鳴も、あれきり聞こえない。

三人は霊岸島町《れいがんじまちょう》に差しかかった。海が見える場所まで、さほどの距離があるわけではなかった。最も近いのは鉄砲洲《てっぽうず》のあたりだろうか。

ふと佐之助の頭に浮かんできたのは、秀士館のことである。佐之助は、いま頭を悩ませていた。

――まことにどうするか。

富士山が噴火する前のこと、佐之助は直之進に、いずれ剣術修行に出るつもりでいると告げていた。

実際にそれを実行する気でいたのだが、富士山が噴火したことで取りやめにした。江戸の治安が一気に悪くなるかもしれないときに、自分勝手に剣術修行に出られるはずもない。

それに、剣術修行のための廻国《かいこく》は一人で行うものだ。この非常時に、千勢《ちせ》やお咲希《さき》を置いて江戸をあとにできるわけがなかった。

――俺が富士の噴火を喜んでいるのは、千勢やお咲希と別れずに済むからか……。

そうかもしれぬ、と佐之助は納得した。

もっとも、佐之助の悩みは廻国修行に行くかどうかではない。

いま思い煩《わずら》っているのは、秀士館の師範代をやめるかどうかである。

秀士館で師範代をつとめていると、世間体もよく、気持ちに余裕が生じる。

生計《たつき》のことで思い悩まずに済むのもありがたい。だが、秀士館にとどまっていては、これ以上、剣の腕が伸びることはまずない。

——それとも、もはや俺に伸《の》び代《しろ》はないのか……。

そうなのかもしれぬ、と佐之助は思った。伸び盛りという年齢ではまったくないのだ。

——俺も、もうよい歳だ。どれほど一所懸命に稽古に打ち込んでも、腕前が伸びるとは限らぬ……。

だが、秀士館をやめることで、これまでと異なる経験ができるのは疑いようがない。それを機に、また上達するかもしれない。

——そうなればよいが……。

佐之助は、秀士館の剣術道場で相役をつとめている直之進だけには、どうしても負けたくない。

——今は、やつが俺の上をいっているが。

佐之助としては、その状況をなんとしてもひっくり返したい。それには、秀士館をやめるしかないと思い定めている。

あたりは、だいぶ潮の香りが強くなってきていた。

――もっとも、湯瀬の上を行きたいというのは、俺の勝手な気持ちでしかない。妻子がいるのに、まことに秀士館をやめてよいものなのか。下手をすれば、千勢やお咲希を路頭に迷わせてしまうかもしれぬ……。

提灯を上げ、深く息を入れた佐之助は気持ちを切り替えた。

――今は江戸の平安を守ることに、心を傾けなければならぬ……。すべては富士山の噴火が終わり、江戸の町が落ち着きを取り戻してからだ。

深くうなずいて佐之助は心を決めた。

二

さらに潮の香りが濃くなっていた。

佐之助たちは、鉄砲洲の近くにやってきた。

鉄砲洲神社内の道を進んで石垣の上に立ち、佐之助は暗い海を眺めた。

風もあまりなく、波は穏やかに打ち寄せている。佐之助の横に、遠慮がちに七之丞と弓太郎が並んだ。

佐之助たちと同じように、海を眺めている者が大勢いた。数十人はいるだろう。そのためか境内《けいだい》は落ち着きがなく、どこかざわめいている様子だった。

——やはり、この先の海でなにかあったのではないか……。

これだけの人が集まっているのは、あの爆鳴とまちがいなく関係しているだろう。

町人だけでなく、自身番の者や八丁堀《はっちょうぼり》の役人も来ているようだ。

懇意にしている樺山富士太郎がいないか、佐之助は境内を見回してみたが、見つけられなかった。富士太郎は、この場には来ていないのかもしれない。

——やつは子が生まれたばかりだ。いろいろと忙しいのかもしれぬ……。

「なにがあったのだ」

かたわらに立ち、海を眺めている男に佐之助はたずねた。男は寝間着の上にどてらを羽織っている。その身なりからして、この界隈に住んでいるようだ。見ず知らずの者にいきなりきかれて、男は面食らったようだが、素直に答えてくれた。

「いや、実は、あっしにもよくわからないんですがね。四半刻ほど前に、えらい音が三度、沖のほうから響いてきたもので、こうして眺めているんですが……」

やはりそうだったか、と佐之助は思った。

「その音の正体がなんなのか、わかったのか」

「いえ、まだわかっていないみたいですね」

「八丁堀の役人は、なにかいっていたか」

「いえ、なにもおっしゃっていませんや。まだお役人も、あのえらい音の見当はついていないようですよ」

そうなのか、と佐之助は相槌《あいづち》を打った。

「えらい音が三度、沖のほうから響いてきたのは、まちがいないのだな」

確認のために佐之助はあえて問うた。

「ええ、まちがいありません」

佐之助を見つめて男が深く顎を引いた。

「富士山が噴火したときに聞こえてくる音とは、まったくちがいましたしね……」

その通りだ、と佐之助は思った。腹に響くような音だった。

「富士山が噴火したと思ったら、今度は海から轟音ですからね。海も火を噴くなんてこと、あるんですかね」

どうなのだろう、と思い、佐之助は首をかしげた。

「じゃあ、お侍。あっしはもう引き上げますよ。こう寒くちゃかないませんや。音が三度鳴った後はなんにも起きやしないんで、飽きちまいました」

軽く頭を下げて、男がその場を去っていく。ほかの町人たちも、この場から引き上げる者が多くなっていた。

そのさまをじっと見ていた佐之助は腕組みをし、よし、とつぶやいた。

「もう少し南にくだってみるか」

あくまでも勘だが、そのほうが爆鳴の手がかりになる物が見つかるような気がしてならない。

「倉田師範代、そういたしますか」

七之丞が佐之助に強い眼差しを当ててきた。うむ、と佐之助は首を縦に動かした。

「では、さっそくまいりましょう」

弓太郎が張り切った声を上げた。

「しかし、おまえたちは大丈夫なのか。空腹で倒れたりせぬか」

「実を申せば、今にも倒れそうですが、なんとかがんばります」

いわれて空腹を思い出したか、少し情けない顔をしている七之丞は、腹を手で押さえている。弓太郎も似たような表情をしていた。

どこかに食べ物屋の屋台でも出ておればよいが、と佐之助は思った。夜泣き蕎《そ》麦《ば》屋《や》でもいい。

――この二人に、腹の足しになる物を与えてやらねば……。

そうしなければ、本当に倒れてしまうかもしれない。若者は、歳を取った者とはちがう。とにかく腹の空きが早く、空腹に耐えられないのだ。

だが俺も変わったな、と佐之助は思った。

――前なら、一食くらい抜いても死にはせぬくらいは、この二人にいっていたのではないか……。

鉄砲洲神社の境内を出た佐之助は屋台を探しつつ、足早に歩いた。だが、それらしき屋台はどこにも出ていなかった。

煮売り酒屋や一膳飯屋なども、見当たらない。この近くに一軒もないというのは、さすがに考えにくい。すでに店じまいをして、灯りを落としているのだろう。

――開いている店を、地道に探すしかあるまい……。

鉄砲洲神社から海沿いの道を五町ほど行ったところで佐之助は、むっ、と声を漏らした。同時に足を止め、提灯を吹き消す。

「どうかされましたか」

後ろから七之丞がきいてきた。

「あれだ」

ささやいて、佐之助は二十間ほど先の岩場を指さした。

おびただしい岩が打ち寄せる波に洗われているのだが、そこに一艘の小舟が浮いていたのだ。

小舟から伸びた縄が、灯籠《とうろう》のような形の岩にかかっている。

小舟には十人ほどの男が乗り組んでおり、今まさに下りようとしていた。

——なにゆえ、あのような場所に舟を舫《もや》ったのか……。

舟を舫うのに恰好の場所は、この近くにいくらでもありそうだ。なにも岩場でなくともよいではないか。

——やつらは、人目を気にしているのではないか……。

怪しい者たちだと断じざるを得ない。

舟を下りた男たちが岩場を伝い、陸のほうへ向かいはじめた。月明かりを頼りに佐之助が数えてみると、ちょうど十人いた。いずれもたくましい体軀《たいく》をしている。

——別にやつらが、悪さをしているわけではないが……。

しかし、やはりおかしいとしかいいようがない。

男たちは無言だった。先頭の男は刀を一本、腰に差している。身なりは町人のようだが、身ごなしがどこかきりっとしており、武家らしく見えた。

道に上がるや男は姿勢を低くし、あたりをうかがうような素振《そぶ》りを見せた。佐之助たちはその場にかがみ込み、男の目から逃《のが》れた。

——あの武家らしい男が頭《かしら》か……。

ほかの九人の男も腰に刀を帯びているが、先頭の男のものよりも若干、短いようだ。長脇差《ながわきざし》かもしれない。

——あの頭とおぼしき男は、なかなか遣《つか》えそうだが……。

ほかの九人の腕前は、大したことがなさそうだ。ただ長脇差を腰に差しているだけで、ほとんど素人に近いような気がする。

男たちは目つきが鋭く、闇の中でも瞳をぎらぎらさせていた。

——あまり人相がよいとはいえぬ連中だ。いずれも、なにか覚悟を決めたような顔にも思えるが……。

頭とおぼしき男がすっくと立ち、さっと右手を振った。

すると、男たちは足音も立てず、佐之助がいるほうに向かってきた。

佐之助たちの背後で、暗い路地が口を開けている。

「七之丞、弓太郎。こっちに来い」

佐之助は小声で命じた。佐之助たちは闇の中、路地に身を入れた。

両側に小屋のような家が建つ小便臭い路地は、四間ほどで土塀に突き当たって終わっていた。

佐之助たちは土塀近くの暗がりにひそんだ。

それから十拍ばかりが経過した頃、男たちが路地の前を通り過ぎていった。提灯は一人も灯していなかった。

——やはり怪しい者どもだ……。

やつらは提灯をつけずに夜道を行くのは、法度《はっと》と知らないのか。

——いや、そんなことはあるまい。

しかも、やつらは明らかに高ぶっていた。強い熱を体から発していたのだ。

それを、路地の奥にひそんだ佐之助は、敏感に感じ取っていた。

──やつらは、これから悪事をはたらこうというのではないか。覚悟を決めているように見えるのは、そのためか……。

そうか、と佐之助は気づいた。

──あの男たちは、海のほうから発せられた爆鳴となにか関係しているのだろう。

そうにちがいない、と佐之助は確信を抱いた。南に行けばなにかつかめるのではないか、という勘が当たったのである。

──やつらこそ手がかりだ。

「よし、ここを出るぞ」

七之丞と弓太郎にささやきかけ、佐之助は路地をあとにした。海沿いの道に出て、男たちを見やると、すでに二十間ばかり先を歩いていた。

男たちは足腰がしっかりしており、足がずいぶん速かった。

──いったい何者だろう。これからなにをしようというのか……。

佐之助は気にかかった。男たちは江戸の者ではないような気がする。身なりがどこか垢抜《あかぬ》けていなかった。

──江戸の者でないから法度を知らぬのか。

だが、どこの大名家の城下町も代官所が治めている幕府領の地も、江戸の法に倣《なら》っているはずである。夜道を行くのに提灯をつけないのは、おそらくこの国のどんな場所でも法度であろう。

――つまり、やつらはわざと提灯をつけておらぬのだ……。

人目を引きたくないからだろうか。いや、提灯をつけずに夜道を行けば、逆に人目を引きそうではないか。

「追うぞ」

ささやき声で、佐之助は七之丞と弓太郎に伝えた。

「決して音を立てるな」

わかりました、と二人が唇だけで答えた。佐之助は男たちのあとをつけはじめた。

男たちは、日本橋《にほんばし》のほうへと向かっている。道を進むにつれ、あたりを行きかう人影がちらほらと増えてきた。それと同時に、男たちが次々と提灯を灯した。

提灯を手に、男たちが歩き続ける。佐之助たちも気配を消しつつ追った。

刻限は、とうに五つ半を過ぎているだろう。それにもかかわらず、日本橋が近づくにつれ、あたりを行きかう人影が格段に増えてきた。

日本橋に大店《おおだな》はいくつもあるが、いずれもとうに店を閉めている。何軒かの大きな建物の影が、威圧するかのように見えていた。

それでも、一つ狭い路地を入れば、日本一の商人の街にも飲み屋はけっこうある。この付近を行きかう者たちは、そういう店でしこたま飲んできた酔客がほとんどのようだ。手にしている提灯がふらふらして定まらないのが、その証《あかし》である。

十人の男たちは、酔客などまるで気にせずに歩いている。確かに酔客にとって、夜道を行く大勢の男など、どうでもよい存在でしかないのだろう。そのことを、やつらは熟知しているのではないか。

各町に設けられている自身番は、江戸の治安を守るために重要なものだが、この厳しい寒さのせいで、いずれも戸をきっちりと閉めていた。

自身番の中に詰めている者が、男たちに気づくはずもない。もっとも、と佐之助は思った。

——もし気づいたところで、誰何《すいか》することもなかろう。

怪しいとすら思わないのではないか。

男たちのあとを追っていた佐之助が、むっ、と心でうなり、立ち止まったのは、大商家とおぼしき建物が寄り集まった本銀町《ほんしろがねちょう》の辻で、十人の男が二手に分かれたからである。

男たちは五人ずつになったのではなく、六人と四人に分かれた。

六人が左に曲がり、残りの四人が日本橋の通りを真っ直ぐ進んでいく。

——俺たちはどうすべきか。

大商家の建物の前で、佐之助は思案した。こちらも二手に分かれるほうがよいのは、まちがいなかった。

だが、七之丞と弓太郎という若い門人から目を離すのは、不安でならなかった。

「倉田師範代、どうしますか。我らも二手に分かれますか」

佐之助に向かって七之丞が小声できく。顔を上げて、佐之助は七之丞と弓太郎をじっと見た。

二人は、きらきらと光る瞳をしていた。空腹を忘れているのか、やる気に満ちた表情に見えた。

佐之助は心を決めた。

——ここは腹を括《くく》るしかあるまい。

「おまえたちは四人を追え。俺は六人を追う」

六人のほうに、頭とおぼしき男がいたからだ。

「承知いたしました」

低い声で七之丞が答えた。横で弓太郎も低頭《ていとう》する。

二人とも勇《いさ》んでいた。その顔つきに、佐之助は危うさを覚えた。若さに任せて、この二人が深追いしなければよいが。

「もしあの四人がこの先、二手に分かれても、おまえたちは決して分かれるな。どちらか一方を、ともに追うのだ。わかったか」

もともとそこそこの腕前でしかない二人が、さらに一人になるのは、あまりに心許《こころもと》ない。最悪の事態も考えられないではないのだ。

「承知いたしました」

七之丞と弓太郎が声を揃《そろ》える。

「無茶も無理もするな」

二人の顔を凝視して、佐之助は念を押した。

「もしそんな真似をしたら、どうなるかわかっているだろうな」

佐之助は二人を脅すようにいった。

「わかっています」

佐之助の顔と言葉がよほど怖かったのか、七之丞と弓太郎がごくりと唾を飲み込んだ。

「秀士館で会おう」

はっ、と二人が小さくうなずいた。佐之助は辻のところで七之丞と弓太郎と別れ、左に折れた。

三

二人を見送って、佐之助は六人の男を追いはじめた。

すでに半町近く離れていたが、佐之助は六人の男の姿をしっかり視界に捉えた。

男たちは人目を避けるでもなく、堂々と歩を進めている。

といっても、町を行く者の影はあたりにはほとんどなかった。ときおり酔客のものらしい、がなるような声が聞こえてくる程度だ。

竜閑橋《りゅうかんばし》を渡って鎌倉河岸《かまくらがし》に差しかかったところで、六人の男はさらに二手に分かれた。今度は四人と二人という分かれ方である。

佐之助は四人のほうを追った。

慎重にあとをつけていくと、新たな辻で四人の男は二人ずつになった。

――やつらは、二人一組でなにかやらかそうというのか……。

どちらを追うか、佐之助は迷わなかった。頭とおぼしき男がいるほうに決まっている。

軽く息を吸い込み、距離を置いて佐之助は二人のあとをつけていった。

つと、二人の男が狭い路地へと入っていく。これまでになかった動きである。

この路地の先になにがあるのか、と佐之助は訝《いぶか》しんだ。

あたりの雰囲気が、ここは武家地であると佐之助に教えていた。おそらく駿河《するが》台《だい》のあたりだ。

路地の奥には宏壮《こうそう》な武家屋敷が建っていた。

路地は、その武家屋敷の裏口の木戸に突き当たって終わっていた。

――ここは誰の屋敷だ。

佐之助には見当がつかない。江戸には、数えきれないほど武家屋敷がある。

敷地の広さと塀の高さからいって、かなりの大身《たいしん》の屋敷であるのは疑いようがなかった。

――誰の屋敷なのか、あとで調べるしかあるまい……。

あの二人はこの木戸を入っていったのか。ならば、二人はこの屋敷の者なのか。

――それはあり得ぬ。この塀を越えて、中に忍び込んだのではないか……。

そうに決まっている、と佐之助は思った。

――よし、俺もあとに続くか。

佐之助は、二人をどこまでも追うつもりである。

一応、木戸を押してみた。だが、わずかにきしんだだけだ。閂《かんぬき》が下りているのだろう。

そびえるような高い塀は、跳躍《ちょうやく》したところで手は届きそうにない。

佐之助は刀を塀に立てかけ、下《さ》げ緒《お》を手にした。刀の鍔《つば》に足先をかけ、背伸びをして塀の上に手をかける。

両腕、両足に力を込めて塀をよじ登った。

なんとか塀に上がることができた。塀の上に腹這《はらば》いになり、下げ緒を引っ張って刀を手にした。その姿勢で屋敷内を見渡す。

すぐそばに、長屋らしい建物があるのが知れた。どうやら、この武家屋敷の奉公人たちが住んでいるようだ。

十ばかりの戸口を持つ長屋が、塀に沿うように建っている。そのうちのいくつかは、まだ明かりをつけていた。

――おっ。

佐之助は心の中で声を上げた。長屋の右手に小さな稲荷社が祀《まつ》られてあり、そのそばに二つの影が立っている。

二人の男は、そこから屋敷内の気配をじっとうかがっているようだった。

誰も自分たちの侵入に気づいた者はいないと判断したか、頭とおぼしき男が静かに動きはじめた。

もう一人はその場にとどまり、しきりにあたりの様子をうかがっている。なにかあれば、すぐに警告を発する役目なのだろう。

歩き出した男が向かっているのは、屋敷の勝手口のように思えた。

だがそこまで行かず、男は井戸のそばで歩みを止めた。井戸をのぞき込む。

あの井戸は、と佐之助は思った。この屋敷の飲み水や煮炊きに使っているのではないか。この屋敷にとって、きっと命といってよいものであろう。

――やつはいったいなにをする気だ……。

佐之助が腹這っている塀から井戸までは、十間ほど離れている。気配を露わにしない限り、男に気づかれる恐れはなかった。

――まさか、井戸に毒でも入れようとしているのでは……。

懐に手を突っ込み、印籠《いんろう》のようなものを取り出す。そこから小さな薬包をつまみ出した。

――あれは毒薬か……。

そのとき長屋の真ん中あたりの障子戸がからりと開いた。さすがにびくりとして、男がとっさに井戸の陰に身をひそめる。

障子戸を開けて出てきたのは、年寄りだった。この屋敷の下男《げなん》かもしれない。のろのろと歩き出す。

どうやら小便を催《もよお》したらしく、敷地の端に設けられている厠《かわや》に行くようだ。どぶ板を踏んで歩いていく。やがて、厠の扉が開く音が聞こえてきた。

井戸の陰で、男がすっと立ち上がった。手に持っている紙包みを、井戸に向かって開こうとする。

その瞬間に合わせたかのように、今度は別の障子戸が横に滑った。

今度は若い男が外に出てきた。敷居際で、ふわあ、と大きくあくびをする。

若い男は桶《おけ》らしい物を持っていた。

若い男が井戸に歩み寄っていく。これから水汲みをするつもりのようだ。

――なにゆえ、こんな刻限に水汲みをするのだろう……。

若い男が近づいてきたことで、男が井戸の陰に再び隠れた。闇の濃さもあって、若い男はそばに男が身をひそめていることにまったく気づかない。

釣瓶《つるべ》を手繰《たぐ》り寄せた若い男が、桶に水を汲む。あっという間に桶を一杯にするや、それを持って長屋に戻っていく。

それを見送った男が井戸の陰で立ち上がり、手にしていた薬包を井戸の上で開いて振り撒《ま》いた。薬包の紙に付着している粉を、指先で叩いて振り落とす。

やがて紙をくしゃくしゃに丸めて懐に落とし込んだ男が、見張り役の男のほうへと足早で戻ってくる。

――やはり、やつはなんらかの薬を井戸に撒いたな……。毒としか思えぬ。

厠の扉の閉まる音が聞こえ、その直後、年寄りが姿を見せた。寒いな、とつぶやくと大きく身震《みぶる》いし、長屋に姿を消す。

それを確かめた二人の男が、塀のほうに引き返してきた。佐之助が腹這っているところへ、まっすぐ向かってくる。

自らの影が夜空に浮かばないよう気を遣って佐之助は塀を降りた。路地に着地し、音もなく走る。

大通りに出るや、近くの天水桶《てんすいおけ》の陰に身をひそめて、二人がやってくるのを待った。

唐突に、背後で人の気配がした。佐之助が振り返って見ると、四人の男が近づいてくるところだった。

その四人の気配に、佐之助はまったく気づかなかった。自分の愚かさに、舌打ちが出そうになる。四人は、すぐそばの角を曲がって姿をあらわしたようだ。

何者だ、と佐之助は天水桶の陰で身構えたが、男たちの正体はあっさりと知れた。四人はいずれも町人だった。

――まだ酔っ払いがおったか……。

ここは武家地だが、二人の男を追ってきた道すがら、しばらく町地を通ってきた。町人相手に酒を飲ませる店があってもおかしくはない。

「ありゃ、そんなところで立ち小便ですかい」

佐之助に気づいて、男の一人が声をかけてきた。かなり酔っているようで、ほっそりとした体がふらついている。

他の三人もしこたま飲んでいるようで、顔がふやけていた。

「ああ、その通りだ」

すっと背筋を伸ばして佐之助は答えた。

そのとき、武家屋敷に忍び込んだ男二人が路地を出てきた。すでに提灯をつけている。

頭とおぼしき男が佐之助や四人の酔客のほうにちらりと目を投げてきたが、なに食わぬ顔で道を歩き出した。

佐之助はすぐにも二人のあとを追いたかったが、ほっそりとした体つきの男が、お侍、と声をかけてきた。

その言葉を聞いて頭とおぼしき男が振り返り、いぶかしげな顔で佐之助を見た。しばらく佐之助に鋭い目を当てていたが、もう一人に促《うなが》されたようで、再び歩を進めはじめた。佐之助のことを怪しんだのか、歩調がぐっと速くなった。

逸《はや》る気持ちを、佐之助は腹に力を入れて我慢した。慌てて追いかければ、あの男に本当に怪しまれるだろう。

いくら深い闇に閉ざされているとはいえ、尾行もやりにくくなる。

「お侍、これもなにかの縁でしょうから――」

ほっそりとした男が佐之助を誘ってきた。

「これから一緒に飲みに行きませんか」

「断る」

「そんなつれないことといわないでください。この近くに、とてもいい店があるんですよ。酒も肴《さかな》も実にうまい店ですから」

ほっそりとした男が、佐之助の肩になれなれしく手を置こうとする。素早く後ろに下がって、佐之助は男との距離を取った。

「駄目だ」

厳しい口調でいうや佐之助は、二人の男へ眼差しを注いだ。ちょうど二人は辻に差しかかり、左へ曲がったところだった。

ほっそりとした男は、しようがないなといわんばかりに首を振り、三人の男とともに道を歩き出した。

即座に小走りに駆けて辻に向かい、佐之助は二人の男が折れた方角を見た。むっ、とうめきそうになった。

二人の姿は、もうどこにもなかった。深い闇が、どろりと横たわっているだけである。

——しまった。

道を走り、あたりに目を配って佐之助は捜した。

しかし、二人の男はどこにもいなかった。提灯を消したのか、明かりの欠片《かけら》すら見えない。

こぢんまりとした武家屋敷の門前で足を止めた佐之助は精神を集中し、二人の男の気配を必死に探った。

先ほどの四人のものらしい酔客の声が聞こえてきた。

その騒がしい声が邪魔で、佐之助は気を集中できず、気配を感じ取ることができなかった。

——しくじったな……。

くそう、と佐之助は唇を嚙んだ。

——あの男はあの武家屋敷の井戸に、まちがいなく毒を入れた……。

富士山の噴火に乗じて、井戸に毒が撒かれるとの噂を佐之助は耳にしたが、本当にやろうとする者がいるとは思わなかった。

——そのような真似をして、いったいなんの益があるというのか。

民衆の不安を煽ろうというのではなかろう。それなら、武家屋敷ではなく、町人が住む長屋の井戸に毒を入れたほうが効き目があるはずである。

とにかく、と佐之助は思った。

――あの武家屋敷の主が誰なのか、調べなければならぬ。話はそれからだ。

そうだ、と佐之助は一つ思いついた。

――忘れぬうちに、人相書を描いておかねばならぬな。

少し歩くと、深い闇にわずかな穴をうがっている常夜灯があった。

その灯りの下に立った佐之助は腰から矢立《やたて》を外し、筆を手にした。懐から紙を取り出し、頭とおぼしき男の顔を脳裏に思い浮かべて、人相書を描きはじめた。

――これが役立つときが、必ず来よう。

決して揺らぐことのない確信を抱きつつ、佐之助は紙に筆を走らせ続けた。

やがて人相書ができあがった。常夜灯の明かりを頼りに、佐之助はじっくりと見た。

――うむ、似ておる。

人相書の出来に、佐之助は満足した。

――しかしこの男は、なにゆえあの屋敷の井戸に毒を撒いたのか。

人相書を見つめて、佐之助は改めて考えてみた。うらみを抱いているのか。

そうかもしれないが、今のところ、その理由ははっきりしない。

いずれ必ず知ることになろう、と佐之助は思った。

——あの屋敷の主が誰かは知らぬが、秀士館に戻る前に、警《いまし》めをしておいたほうがよかろう。

屋敷の井戸に毒が入れられたというのに、放っておくわけにはいかない。佐之助は人相書を折りたたんで懐にしまった。懐から新たな紙を取り出し、それに警告文を記す。

書き上げた警告文を袂《たもと》に落とし込んだ佐之助は提灯をつけ、先ほどの路地を目指した。

路地に入ると、すぐに武家屋敷の裏手に突き当たった。提灯を吹き消す。あたりはひっそりとした闇に包まれた。

——投げ文をするのには、屋敷の表よりも裏手のほうが都合がよかろう。あの長屋に住む誰かが、朝になればきっと文を見つけるはずだ。

——しっかりと読んでくれ。

強く念じた佐之助は木戸越しに警告文を投げ込み、その場をあとにした。

——七之丞と弓太郎は、秀士館に無事に戻っただろうか。

足早に歩きながら、佐之助はそのことが気がかりだった。もし二人が戻っていなかったら、と考える。

——深更《しんこう》だろうとなんだろうと、捜しに行くしかあるまい。

二人から目を離した自分の責任である。見つかるまで捜し続けるしかない。

無事であってくれ、と祈りつつ佐之助は秀士館を目指した。

四

武家屋敷に文を投げ込んでから、半刻ほどで日暮里に着いた。

——二人は戻っているだろうか……。

きっと戻っている、と信じて佐之助は秀士館の門をくぐった。

刻限は四つ半に近いだろう。夜はかなり更《ふ》けているが、秀士館の敷地内には明かりがついている建物がいくつかあった。

そのうちの一つは秀士館の母屋である。

暗さという衣をすっぽりとまとった大講堂を横目に見つつ、佐之助は母屋に入り、足早に大広間に向かった。

いま秀士館は、大火事で焼け出された者たちを受け容れている。炊き出しも行っている。

夜ともなれば、その者たちは秀士館の大講堂をはじめとした建物で横になり、体を休めているのだ。温かな夜具も用意されている。

佐之助が大広間の襖《ふすま》を開けると、味噌汁のにおいが、もわっと這い出てきて鼻先を漂った。佐之助自身、空腹が募《つの》っており、いきなり腹の虫が鳴いた。

そこは大きな座敷になっており、急拵《きゅうごしら》えではあるが思い思いに好きな場所に座って、食事をとれるようになっている。もともとあった食堂は昨年末の火事で焼け落ちてしまった。

座敷の右手の端に、七之丞と弓太郎の姿があった。二人で向かい合って座し、山盛りの飯を頬張《ほおば》っている。

無事に戻っておったか、と佐之助は胸をなで下ろした。さすがに気持ちが軽くなる。

後ろ手に襖を閉め、その場に座した。しばらく身じろぎせずに待った。

ようやく七之丞と弓太郎が、ありつけた食事である。佐之助としては、できるだけ邪魔したくなかった。

しばらくして二人が食事を終え、茶を喫《きっ》しはじめた。

それを目にして佐之助は立ち上がった。

弓太郎が近づいてくる佐之助に気づき、湯飲みをかたわらに置いた。小さな笑みを浮かべる。

「倉田師範代」

弓太郎のその声に、七之丞が振り向いた。佐之助を認めて、かしこまる。

「お帰りなさいませ」

畳に手をつき、七之丞が辞儀する。弓太郎がそれにならった。

「二人とも、よく戻っておった。遅くまでご苦労だった」

ねぎらいの言葉をかけて、佐之助は二人のそばにあぐらをかいた。

「倉田師範代も、お疲れさまでございました」

丁寧な口調で七之丞がいい、再び低頭した。

「いや、俺のことなどどうでもよい。それより、どうであった」

二人に眼差しを注いで佐之助はきいた。二人が申し訳なさそうな顔になる。

「それが……」

七之丞が口を開いたが、すぐに言葉が途切れた。

「どうした」

優しい声音で佐之助は質した。はっ、とうなずいて弓太郎が話し出す。

「倉田師範代に命じられた通り、我らは四人の男のあとをつけました。四人は昌平橋《しょうへいばし》を渡り、明神下《みょうじんした》の通りを不忍池《しのばずのいけ》のほうへと向かいました。その後、不忍池の手前で四人が二人ずつに分かれました。我らは倉田師範代のお言葉を守って二人一緒に、左へと曲がった二人組のあとをつけました」

うむ、と佐之助はうなずいた。

「それで」

弓太郎を見つめ、佐之助は穏やかな口調で先を促した。

「二人組は本郷《ほんごう》へと向かう切通《きりどお》しを進み、四軒の町家がかたまった辻を右に曲がったところで提灯を消したのがわかりました。面目《めんぼく》ないことに、我らはそのあと、二人組を見失ってしまったのです……。まことに申し訳ありませぬ」

情けない顔になって弓太郎が詫《わ》びた。

「なに、謝ることはない」

すぐさま佐之助は首を横に振り、弓太郎に問うた。

「どこで二人組を見失った」

「陣兵衛店《じんべえだな》という裏店《うらだな》の木戸のそばです」

気を取り直したように弓太郎が答えた。

「辻を曲がった二人組が狭い路地を入っていったのはわかったので、我らも提灯を消して追っていたのです。路地は、陣兵衛店の木戸に突き当たって終わっていました。我らはそこで見失ってしまったのです……」

「その長屋の木戸は閉まっていたのだな」

「はい、門が下りていました。二人組が木戸を越えていったのかと思い、我らは陣兵衛店の敷地をくまなく見たのですが……」

二人を見つけられなかったか、と佐之助は思った。

「陣兵衛店の敷地に井戸はあったか」

新たな問いを佐之助は弓太郎に放った。

「はい。木戸からさほど遠くない場所にありました。あの、倉田師範代、井戸がどうかしたのですか」

弓太郎にきかれ、佐之助は駿河台の武家屋敷でなにがあったかを簡潔に語った。

えっ、と七之丞が大きく目を見開いた。

「やつらは井戸に毒を入れたのですか」

「少なくとも、俺にはそう見えた」

「毒を入れるなど、やつらはその武家にうらみでもあるのでしょうか」

「あるのかもしれぬが、今はわからぬ」

七之丞たちが追ったその二人組は、と佐之助は腕組みをして考えた。

――木戸を乗り越え、まちがいなく陣兵衛店の敷地に入り込んだのであろう。

井戸に毒を入れたかもしれぬ……。

やつらが陣兵衛店の井戸に毒を撒く目的は、いったいなんなのか。

――長屋の住人にうらみがあるのか……。

それとも、と佐之助は思った。

――ただ、民心の不安を煽るためか……。

毒が仕込まれた水を飲めば、死人が出よう。十人で手分けして、あちこちの井戸に毒を撒いていったのではないだろうか。

富士の火山灰が降らずとも、井戸水を飲んだ者に死者が出たとなれば、江戸の民は水を一切飲めなくなる。

民心の不安を煽るために毒を入れたのだ、と佐之助は結論づけた。

――富士山の噴火を機に、公儀の屋台骨を揺るがそうとする者が、ついにあらわれたか……。

容易ならぬ、と佐之助は奥歯を噛み締めた。

――こうしてはおられぬ。陣兵衛店の者にも警めをせねばならぬ。

考えてみれば、やつらは二人一組の五手に分かれ、ほうぼうの井戸に毒を入れたのであろう。

陣兵衛店だけに警告をしても、意味はないのではないか。

それに、毒が井戸に入れられたとして、すでにかなりの時がたっている。陣兵衛店には、井戸水を飲んだ者がいるのではないか。

――だが、やはり手をこまねいているわけにはいかぬ。

「陣兵衛店はどこにある」

面を上げて、佐之助は七之丞と弓太郎にたずねた。

「あれは湯島《ゆしま》のあたりです」

「湯島のどのあたりだ。町の名はわかるか」

「湯島切通町ではないかと思いますが……」

二人ともはっきりとした町名がいえるほどには、確信が持てないようだ。

――とにかく湯島切通町に行くしかあるまい。

「あの、倉田師範代はこれから陣兵衛店に向かわれるのですか」

まさかというような顔で、弓太郎がきいてきた。

「そのつもりだ」

「こんな刻限に行かれるのですか」

「もしやつらが井戸に毒を入れたのだとしたら、このままにはしておけぬ」

「でしたら、それがしもお供いたします」

目をきりりとさせて、弓太郎が申し出る。

「いや、よい」

間髪《かんはつ》を容《い》れずに佐之助は、その申し出を断った。

「しかし、それがしなら道案内ができます」

「いや、まことによいのだ。陣兵衛店の者に警めをしたあと、俺は音羽《おとわ》の住処《すみか》に戻るつもりだ。おまえたちも今宵《こよい》はゆっくり休むがよい。明日もまた忙しくなるかもしれぬゆえ」

「さようですか。わかりました」

弓太郎は少し残念そうにしている。二人組を見失ったことを気にしているようだ。

「おまえたちは明日、またがんばればよい。そのためには、よく眠っておくことが肝心だ」

七之丞と弓太郎に、佐之助はよくよく言い聞かせた。

「わかりました」

二人が揃って顎を引いた。

「それでよい」

佐之助は目を閉じた。

——あの頭とおぼしき男が毒を入れた武家屋敷にも、やつらは別段うらみなどはなく、ただ毒を井戸に撒いただけなのか。

しかし、なにゆえあの武家屋敷が選ばれたのか、そのことは気にかかった。

——やはり、あの武家屋敷の主が誰か、調べなければならぬ。

心中で深くうなずき、佐之助は改めて決意した。

「あの、倉田師範代は、どこかで食事をされたのですか」

唐突な感じで七之丞にきかれ、佐之助は目を開けた。

「いや、まだとっておらぬ」

えっ、と七之丞と弓太郎が同時に驚いた。

「それはいけませぬ。早く召し上がってください」

「いや、よい」

微笑して佐之助はかぶりを振ってみせた。

「一食くらい抜いたところで、死にはせぬ」

「しかし……」

案ずるような目で弓太郎が佐之助を見る。

「本当によいのだ。俺の家は貧乏御家人だったのでな、空腹には慣れておる」

「えっ、倉田師範代は御家人だったのですか」

「そうだ」

弓太郎を見据えて佐之助は首肯した。

「もう、とっくに御家人ではなくなっているがな……」

「なにゆえ御家人をやめられたのですか」

さらに弓太郎が問うてきた。

「いろいろとあったのだ」

佐之助にはそれ以上は話す気はなかった。

「茶だけくれ」

手を伸ばし、佐之助は弓太郎の湯飲みを手にした。茶が半分ほど残っている。

「それは、それがしの飲みかけ、すでに冷たく……」

「なに、構わぬ。もらうぞ」

湯飲みを傾け、佐之助は茶を飲んだ。ほどよく冷めた茶が、渇ききった喉《のど》に心地よかった。こいつはうまい、と心から思った。

――秀士館の井戸に、毒は入っておらぬか。

やつらが毒を入れようと思ったら、たやすく入れられたのではないか。今は数え切れないほど多くの者が秀士館に出入りしているのだ。

井戸に毒が入れられなかったのは、僥倖に過ぎないのではあるまいか。

――そうとしか思えぬ。

苦い思いを抑え込んで、佐之助は笑みを浮かべた。

「うまかった」

弓太郎に礼を述べて湯飲みを畳に置き、佐之助は立ち上がった。

五

どこからか爆鳴が聞こえた。
そのために、眠りが浅くなったのを曲田伊予守《まがったいよのかみ》は感じた。
――今のは富士山のものだな。しかし、いつになったら、噴火はおさまるのか。
寝床に横になったまま、曲田はわずかに苛立《いらだ》ちを覚えた。
富士山が噴火してから、十日を過ぎても一向《いっこう》におさまろうとしない。
――江戸になにも起きぬうちに、収束してほしいものだ……。
南町奉行として、切なる願いである。
そのとき曲田は、廊下を近づいてくる足音に気づいていた。
――誰か来たようだ……。
しかもその足音は、ただならぬ気配を発していた。
――なにかあったか……。
富士の噴火に関するものかもしれぬ、と曲田は察し、眉根を寄せた。目を開けるや、勢いよく寝床に起き上がった。

部屋には行灯《あんどん》が一晩中、灯してあり、ほのかに明るい。これは変事が起きた際、戸惑うことなくすぐさま行動に移れるようにしてあるのだ。

立ち上がるや、曲田は掻巻《かいまき》を脱ぎ捨てた。まだ松《まつ》の内《うち》で、寒さはさすがに厳しく、部屋の中は外と変わらないくらい冷え込んでいた。

寒いな、という声が自然に口をついて出た。枕元に置いてある着替えを、曲田は素早く身につけた。

廊下から聞こえていた足音が、曲田の部屋の前で止まった。

「御奉行——」

襖越しに、用人《ようにん》の板垣墾造《いたがきこんぞう》の声がした。昨晩から当番で宿直《とのい》をつとめている。

「どうした」

寝床の上にあぐらをかいて、曲田は質した。もう眠気は一切ない。

「襖を開けてもよろしゅうございますか」

「むろん」

失礼します、と断って墾造が襖を横に滑らせた。実直そうな顔がのぞく。敷居際に膝をつき、墾造が曲田に向かって一礼した。

「先ほど、御老中の本多因幡守《ほんだいなばのかみ》さまより使いがまいりました」

本多因幡守といえば、出世街道を驀進《ばくしん》している男で、つい最近、ただの老中から老中首座《しゅざ》になったばかりである。

「因幡守さまの使者が……」

はっ、と犟造が点頭する。

「客間に通したのか」

いえ、と犟造がかぶりを振った。

「御奉行に伝言を残されて、もうお帰りになりました」

そうか、と曲田はつぶやいた。

「して、伝言とはどのようなものだ」

体を乗り出して、曲田はたずねた。

「すぐに因幡守さまの屋敷にお越し願いたい、とのことでございます」

わかった、と曲田は答えた。

「早速まいるとしよう。ところで犟造、今は何刻だ」

「はっ、八つ（午前二時）を過ぎたばかりではないかと存じます」

なんと、と曲田は驚いた。

――そんなに早かったのか。まだ深更ではないか。

すでに、明け六つ近くになっているものだと思っていた。

――こんな刻限に使者をよこすとは、よほど重大事が起きたに相違あるまい。

そういえば、と曲田は思い出した。昨晩の五つ頃、海から爆鳴が三度、聞こえたという報告があった。南町奉行所からも人が出て海を見に行ったらしい。

結局、なにもわからなかったそうだが、それと関係しているのだろうか。

――そうかもしれぬ。

とにかく急がねばならなかった。老中首座を待たせるわけにはいかない。

身《み》なりを整えて部屋をあとにし、曲田は墾造の先導で玄関に向かった。玄関で雪駄を履き、冷え切った庭に出る。

庭ではいくつかの篝火《かがりび》が燃え、ぱちぱちと爆《は》ぜていた。篝火のおかげで庭はほんのりと明るく、少し暖かく感じられた。

「墾造が篝火を焚《た》かせたのか」

手際のよさに驚いて曲田はきいた。

「はっ、さようにございます」

笑みを浮かべて墾造が肯定する。

「御奉行、駕籠《かご》で行かれますか」

「いや、馬がよい」

そのほうが駕籠よりもずっと速いからだ。

「わかりました」

玄関のそばに立ち、聟造がさっと手を振った。すると、ぶるると荒い鼻息が聞こえた。あっという間に、馬が曲田の前に引き出されてきた。

「どうぞ、お乗りください」

うむ、と曲田は首を縦に振った。手綱《たづな》を手にして、馬にまたがる。久しぶりに乗ったが、高さがかなりあるように思えた。だが、これもすぐに慣れるであろう。

「よし、行くぞ」

曲田の声に応じ、南町奉行所の大門が大きく開いた。

「急げ」

はっ、と轡持《くつわも》ちが低頭し、走り出す。曲田の乗った馬は南町奉行所を飛び出した。

大名小路にある老中首座の本多因幡守の役宅までは指呼《しこ》の間《かん》だ。すぐに屋敷の門をくぐった。

屋敷内に入った曲田は待たされることなく客間の前に誘《いざな》われた。本多家の家士が襖を開けると、そこにはすでに因幡守の姿があった。

火鉢が置かれており、炭が勢いよく弾けている。客間内は暖かそうだった。

「お待たせしました、因幡守さま」

敷居際でかしこまり、曲田は一礼した。

「お入りくだされ」

しわがれた声が曲田の耳に届いた。畳に端座している因幡守が手招いている。

「失礼いたします」

丁重《ていちょう》に頭を下げ、曲田は敷居を越えた。因幡守の前に座る。火鉢の暖かさがじんわりと伝わり、曲田はほっと息をついた。

「遅い刻限にすまぬな」

少し引きつったような笑いを、因幡守が見せた。旗本から大名に成り上がった男で、尊大ともいわれているが、むしろ物腰は柔らかく、曲田に対しても、へりくだっているようにすら見えた。

――なにがあったのだろう……。

顎を引き、曲田は因幡守に控えめな目を当てた。

「そなたを呼び出したのは、ほかでもない」

身を乗り出すや、因幡守が突き刺すような眼差しを浴びせてきた。このあたりの目の鋭さは、さすがに老中首座にまで登り詰めた男と思わせるものがある。

はっ、と答えて曲田は背筋を伸ばした。

「正体不明の三艘の大船が川崎沖に停泊した。その三艘は二千石船が一艘に、千五百石船が二艘だ。信じられぬかもしれぬが、三艘は航路を閉ざし、江戸湊に入ろうとしている船の出入りを禁じておる」

なんと、と曲田は声を漏らした。さすがに驚愕を隠せない。

「三艘の船を率いているのは何者ですか」

「まだわからぬ。正体を探ろうにも、三艘とも船名を消しておるようだ」

深く息を吸い、因幡守が言葉を続ける。

「賊の命を聞かず、通り抜けようとした一進丸という千石船が大筒で沈められたという」

「大筒で沈められた……」

「三艘のうち、真ん中にいる二千石船とおぼしき船から大筒は放たれたらしい。

三発、撃たれたようだな」

三発だと、と曲田は思った。

――昨晩、海から響いてきた爆鳴の正体はそれか……。

そういうことだったか、と曲田は腑《ふ》に落ちた。

「一発目は脅しのつもりだったらしく、一進丸の手前で水しぶきを上げた。二発目は一進丸の船首を狙ってきた。船首に大筒の玉を受けても停まらなかった一進丸に対し、三発目が放たれた。それは船腹に当たり、大穴をつくった。その穴から海水が入り込み、一進丸は沈没した」

「そこまでしっかり狙いがつけられるなど、大筒の放ち手は、ずいぶんと鍛えられておりますね」

「その通りだ」

苦々しい顔で因幡守が認める。

「いったいどうやって、そこまで鍛えることができたのか」

「確かに不思議でございますね」

大筒自体、どうやって手に入れたのかもわからない。

忌々《いまいま》しそうに因幡守が唇を嚙む。

「どうやら、一進丸は見せしめにされたようだ。その証に、一進丸のあとに三艘のあいだを通り抜けようとした船はないようだからな」

「一進丸という千石船が沈められたとのことですが、乗り組んでいた者たちは無事なのですか」

「全員、無事だそうだ」

かたく腕組みをした因幡守が、うめくような声を発した。

「千五百石船の一艘から小舟が下ろされたそうだ。波間を漂っていた者たちはその小舟に全員が乗り込んだ」

「賊から小舟が出されたのですか」

そうだ、と因幡守がこくりとした。

「賊には、一進丸の者を死なせる気はなかったようだ」

「一進丸の者たちは、小舟に乗ってどうしたのですか」

「ほんの一刻ばかり前に、無事に品川湊《しながわ》へたどり着いたそうだ。品川奉行からその旨を知らせる早馬《はやうま》が、この屋敷にやってきた。それでわしは、そなたに知らせたというわけだ」

「さようでございましたか」

曲田は納得がいった。

「三艘の船に乗る賊は、なにか要求しているのですか」

「今のところなにもない」

身じろぎし、因幡守が居住まいを正した。

「それで、そなたに頼みがある」

なにを依頼されるか、いわれなくても曲田にはわかった。

「三艘の賊船を見てきてくれぬか」

やはりそう来たか、と曲田は思った。

「そなたの目で見てきたものを、詳しく報告してほしいのだ」

「承知いたしました。三艘の船は川崎沖にいるとのことですが、陸から見ればよろしいのでしょうか」

いや、と因幡守がかぶりを振った。

「船に乗って近づいてほしいのだ」

「承知しましたが、それがしが乗る船はいかがいたしましょう」

「そなたになにか手蔓《てづる》はあるか」

いわれて、曲田はしばし思案した。

「ございます」

「では伊予守どの、頼めるか」

「わかりましてございます」

因幡守の役宅をあとにした曲田は再び馬に乗り、霊岸島を目指した。

そこには懇意にしている嶋高屋《しまたかや》という廻船《かいせん》問屋がある。こんな刻限でも、あるじの左右衛門《さえもん》に頼み込めばきっと船に乗せてくれるはずだ。


左右衛門は起きていた。川崎沖の三艘の船のことも知っていた。さすがだな、と曲田は感じ入った。左右衛門は、すぐさま曲田の乗る船の手配をしてくれた。

「まことに済まぬ」

左右衛門に向かって曲田は頭を下げた。

「いえ、構いませんよ。曲田さまには、いろいとお世話になってきましたから……」

左右衛門の曲田を見る目は温かである。

「恩に着る」

「あの、曲田さま」

控えめな声を左右衛門がかけてきた。

「なにかな」

「手前も一緒に連れていってはもらえませんか」

「嶋高屋、行きたいのか」

「ええ、ぜひとも。どんな者がそんなひどいことをしているのか、この目で見たいのでございます」

「わかった、一緒に行こう」

三百石積みほどの船に乗り、曲田たちは川崎沖を目指した。

まだ暗く、風が強い海は少し荒れていた。半刻ほどで目指す海域に着いた。本当に三艘の船が並ぶようにして碇を下ろし、江戸湊をふさいでいた。

後方から十間ほどまで近づくように命じて、曲田は船首に立った。手にしている龕灯で、真ん中の船を照らした。確かに船名はわからない。消されているようだ。

「わしは南町奉行の曲田伊予守だ。船頭はおるか。話がしたい」

大声で真ん中の船に呼びかけてみた。だが、船からは、なんの返事もない。沈黙が返ってくるのみだ。

しかしすぐに曲田は、むっ、と声を漏らすことになった。

いきなり笛の音が聞こえてきたからだ。

──誰が吹いているのだろう。

船首に立ったまま、曲田は耳を傾けた。

──それにしてもよい音だ。

聞いていて心地よい。笛を奏でている者は名人といってよいのではないか。

「もう少し近づいてくれ」

曲田は左右衛門に頼んだ。誰が笛を吹いているのか、確かめたくなったのだ。

だが、曲田たちの乗る船がわずかに近づいただけで、笛の音はやんだ。そして
いきなり閃光がきらめき、ばん、と音が鳴った。

二千石船が鉄砲を撃ちかけてきたのだ。どうやら威嚇《いかく》のようで、玉は船には当たらなかった。近くの海面に、小さな水柱をつくったに過ぎない。

──さて、どうするか。

今は引き上げるしかないのではないか。

──いったん引き上げて、因幡守さまにお目にかかるほうがよかろう。

嶋高屋の船は霊岸島に戻り、下船した曲田は再び老中の役宅へと向かった。因

幡守に面会する頃には、夜が明けようとしていた。

「笛だと……」

賊の誰かが笛を吹いていたと聞いて因幡守が興味を抱いたようだ。考えてみれば、因幡守も笛をよくするという話だ。

それにしても、やつらの狙いはいったいなんなのか。江戸湊を封鎖して、なんの得があるのか。

「伊予守どの」

因幡守が重々しい口調で告げた。

「はっ」

「わしは、船手頭《ふなてがしら》の清水矢右衛門《しみずやえもん》に出動を命じた。必ずや賊船三艘を沈め、江戸湊を解き放つようにとな」

「清水どのに……」

うむ、と因幡守が深く顎を引いた。

「あまりできる男とは思えぬが、伊達に船手頭をつとめてはおるまい」

因幡守は爛々《らんらん》と目を光らせている。獲物を前に舌なめずりしている蛇のように、曲田には見えた。

曲田は、まずはなんとしても賊と交渉すべきだと思ったが、因幡守にその気はまったくないようだ。もともとかなり強引で、自分の意のままに人を動かそうとする気性は、若い頃から変わっていないとも聞く。

その強引さをもって、因幡守は出世街道をひた走ってきたのである。

もともとは三千七百石の大身旗本だった。だが公儀の要人たちに取り入って加《か》増《ぞう》を重ね、今は五万石の大名となり、しかも老中首座にまで成り上がったのだ。

「ただし、笛の上手だけは生かしておくように、と清水にはいっておかねばならぬな」

因幡守はずいぶんと余裕のある口ぶりで、曲田に告げた。

第三章

一

気分が高揚している。

白波を立たせる海風に吹かれつつ、清水矢右衛門惟政《これまさ》は矢倉《やぐら》の上で大きく胸を張った。

——ついに我らの力を示すときがきたのだ。

船手頭になって、すでに十五年がたっている。就任して初めての戦となるが、矢右衛門に恐怖心は一切ない。とにかく、若武者のように胸が高鳴ってしようがないのだ。

初めてといえば、と矢右衛門は思った。

——江戸に幕府が開かれてから、船軍《ふないくさ》を戦った船手頭は一人もおらぬ。わしが嚆矢《こうし》となるのだ。

矢右衛門はもう六十五になるが、この歳で歴史に名を刻むことになるのだ。やはり、誇り以外のなにものでもない。

おそらく、と矢右衛門は思い、一歩前へ進んだ。背後に続く配下たちも、同じ思いだろう。これまで積んできた厳しい修練が、日の目を見ることになるのだ。

誰一人として臆《おく》している者はおらぬ、と矢右衛門は信じている。海上は強い風が吹き渡っているが、寒さに震えている者などいないのではないか。

——むしろ、この風は暖かくすら感じるぞ。

体が熱くなっており、矢右衛門は陣羽織《じんばおり》を脱ぎ捨てたいくらいだ。

後ろを振り返ると、十艘の小早《こばや》が夜明けの日射しを一杯に浴びて続いていた。清水家の家紋である下《くだ》り沢瀉《おもだか》を染め抜いた十本の旌旗《せいき》が、風になびいている。

本来なら小早が先陣を切って関船《せきぶね》の前を行くものだが、行く手を邪魔されるような気がして、矢右衛門は背後に控えるよう命じてある。

——わしが先陣を切って、賊どもを成敗《せいばい》してくれる。

拳をぎゅっと握り締め、矢右衛門は前を向いた。

——さすれば、本多因幡守さまの覚えもめでたくなろう。

老中首座の厚い信頼を再び得てやる、と矢右衛門は断固として思った。

――もしまた因幡守さまのそばで用いられるようになれば、出世など思いのままであろうよ……。

もともと清水家は、三百石の家禄でしかなかった。矢右衛門は四十年以上も前に因幡守配下の与力として働いたことがあるのだが、それが出世の糸口になったのだ。

それから二十年ばかりのあいだ、因幡守の信任を得たおかげで、家禄は二千二百石に増え、その後、矢右衛門は船手頭という役目に就いたのである。

しかし、徐々に因幡守から忘れられていった。出世街道をひた走る因幡守の周りに、次々と新たな取り巻きがあらわれたからである。

――必ず返り咲いてやる。

実際、本多家の家老だった者が取り立てられて旗本になったり、因幡守の下で与力として働いていた旗本が大幅な加増を受けたり、公儀で重職を得たりしているのである。

――むろん、わしもその一人だが……。いや、今はその一人だったというほうが正しい。

因幡守の覚えが再びよくなれば、相当の恩恵を受けられるのはまちがいない。なにしろ相手は老中首座だ。

──わしもこたびの賊船討滅を機に、前のように因幡守さまのそばに返り咲いてやる。

以前と同じく取り巻きに加えてもらえれば十分だ、と矢右衛門は考えている。常に老中首座のそばにいれば、必ず出世が叶うであろう。

──因幡守さまのご機嫌を取るなど、屁でもない。立身のためなら、いくらでもごまをすってやる。誰になんと言われようと、構わぬ。

この世は出世した者が勝ちだ。地に這いつくばるようにして働く者たちは、口のうまいやつが上にのぼっていく、とやっかみばかりいうが、上役の気分がよくなるようにへつらうのは、相当大儀なはずなのだ。まちがいなく身をすり減らしている。

──おべっかを口にするのも頭を使う。一つまちがえば怒りを買ってしまい、首が飛びかねぬからな。

太陽が顔を見せ、だいぶ明るくなってきた。海鳥が頭上を飛び回ったり、海面で羽を休めたりしている。

――海鳥たちにも、出世争いがあるのだろうか……。

立身ができない者は、決して賂《まいない》の金がないのではない。頭の巡りが悪く、ただただ気が利かないのだ。思慮《しりょ》も浅いのであろう。

そのような者が、栄達《えいたつ》など望めるはずがないではないか。

――わしはうまくやってみせる。

矢右衛門は丹田《たんでん》にぐっと力を込めた。そのとき、どーん、とどこからか音が響いてきた。もしや大筒が放たれたのか、と一瞬ひやりとしたが、そうではなかった。

――今のは……。

西の空を振り仰ぎ、矢右衛門は富士山に目を当てた。

相変わらず霊峰は噴煙を上げ続けており、赤茶色の煙が帯のように辰巳（南東）の方角へ流れていく。

富士山の頂上付近で、赤い炎が立ち上がっているのが見えた。

――爆鳴か。しかし、心なしか煙の量が少なくなったような気がするが……。

噴煙の帯が、やや細くなったように感じたのだ。もしこれが思いちがいでないのなら、富士山の噴火は確実に収束へと向かっているといえよう。

あの噴火が終わりさえすれば、と矢右衛門は考えた。

――江戸の海を力ずくで閉ざすなどという妄動《もうどう》を起こす者も、二度とあらわれぬであろうよ……。

暴挙としかいいようがない真似をする輩が出てきたのは、富士山の噴火こそが元凶だと矢右衛門は確信していた。

――こたびの一件を引き起こした者も、あの地獄を思わせる光景を目の当たりにして、この世の終わりが来たと信じ込んだに相違なかろう。

考えてみれば、と矢右衛門は思った。

――富士が噴火したために、わしは江戸湊の軛《くびき》となっている賊船三艘を退治するよう命じられたのだ。

そのような機会に恵まれた自分こそ、富士山に感謝しなければならない。

――富士のおかげで、停滞していたわしの運命は明らかに回りはじめたのだからな……。

まさに上げ潮というべきであろう。

――とにかく、こたびの賊船討滅を成し遂げるのが肝心だ。さすれば、わしは必ず出世できる。

とはいえ、さすがに大名にまで登り詰めるのは難しいだろう。

——だが、五千石の大身旗本を望むのは、決して無理ではあるまい。

それだけの高禄《こうろく》を得られれば、大目付《おおめつけ》に就任するのも夢ではない。

矢右衛門は幼い頃から、大目付という役目に憧れを抱いていた。なんといっても、大名を管轄するのだ。仕事のし甲斐が最もある役目ではないか。

——よし、やってやるぞ。

気分が高ぶり過ぎて、矢右衛門は叫び出したいくらいだ。

賊船の三艘が視界に入ってきた。距離はもう十五町もないだろう。

——あれがわしの出世の種か……。

矢右衛門は舌なめずりしたい気分だ。すでに報告が届いているが、三艘の真ん中にいるのが二千石船で、その両側に停泊している二艘が千五百石船だという。

腕組みをして、矢右衛門は正面に見えている二千石船をにらみ据えた。

徐々に近づきつつある二千石船は、どっしりと構えていた。

——あれに頭が乗っているのだな。

遠目でも二千石船が落ち着き払っているように感じられるのは、頭が器量人《きりょうじん》という証なのではないか。

——そう考えるほうが自然であろう。

三艘の船に乗り組んでいる者たちは、頭に心服しているのだろう。いま賊どもは江戸の海を封鎖しており、すでに千石船を沈めている。

これだけの暴挙をなした以上、捕まれば死罪は免れない。それを賊どもが知らないはずはない。

つまり、あの三艘に乗っているのは、頭と一緒に死ぬ覚悟ができている者ばかりということだ。

——死を恐れておらぬということか。手強《てごわ》いかもしれぬ……。

望むところだ、と矢右衛門は腕っ節に力を込めた。そうであればこそ、倒し甲斐があるというものではないか。

二千石船に大筒が備えられているとなれば、二艘の千五百石船に載せられていないとは考えづらい。

ここからでは、距離がありすぎて、大筒の有無を確かめることはできない。

もし千五百石船にも一門ずつ載せられているとしたら、賊どもは少なくとも三門もの大筒を所持していることになる。

——心せねばならぬ。

もし大筒の玉が当たったら、矢右衛門が乗っている五百石積みの関船など、ひとたまりもない。

——しかし、この船には当たるまい。

そのことを、矢右衛門は微塵《みじん》も疑っていない。関船は、とにかく船足が速いのだ。

——なにしろ、早船と呼ばれるくらいだからな。

四十挺《ちょう》もの櫓《ろ》を備えたこの関船の速さは、千石船の比ではない。

四十挺の櫓のおかげで、関船は風を切って海上を滑っていくのである。

今も櫓を使って航行しているが、全速というにはほど遠い。全速を出すのは、賊を退治するときだ。

——この船の速さに、賊どもはきっと目を回すであろう。

その様子を眺めるのが、矢右衛門は楽しみでならなかった。

「よし、あと二町ほど近づいたら、船を停めよ」

背後に控えている家臣の大原金八郎《おおはらきんぱちろう》に向かって、矢右衛門は命じた。

はっ、と金八郎がかしこまる。

そのまま船が一町半ほど進んだとき、停まれ、と金八郎が大声を発した。

その声に応じて、四十梃の櫓が一斉に動きを止めた。船足が一気に落ち、関船は惰性でゆっくりと海上を進んでいく。

やがて、ほとんど船が動かなくなった。

――よし、ぴったり五町だ。

矢右衛門は満足だった。この距離まで近づくと、二千石船は途轍《とてつ》もなく巨大に見えた。

二千石船には三十人近い水夫が乗り組んでいると、矢右衛門は聞いたことがある。

千五百石船には、二十人ばかりか。となると、七十人ほどの水夫が、あの三艘にはいることになる。

水夫だけでなく戦いにのみ従事する者も、かなり揃えているのではないだろうか。すると、全部で百人は下らないことになるのか。

――それだけ多くの命知らずが三艘の船にはいるのか……。

そもそも、富士山の噴火は、前代未聞というほどの出来事ではない。

それに、二千石船自体、相当に高価なものだ。この国でも指折りの富裕な者しか所有できないはずだ。

二千石船の建造は、一応、法度で禁じられているが、平和な時代が到来して商いが大きく発展し、海上輸送が一気に増大してくると、公儀としても黙認せざるを得なくなった。

一度にできるだけ多くの積み荷を運べるほうが、誰にとっても都合がよく、ありがたくなってきたからである。

公儀は巨船が江戸攻めに用いられるのを極度に恐れていたが、この国は太平の真っ盛りで、二千石船が戦《いくさ》用に転じられることなどまずあり得ない。誰もが平和のありがたみを享受している。

各地で盛んに二千石船が建造され、その巨軀《きょく》を目にするのは、今やさほど珍しくはなくなった。

──それでも、やはりそうたやすく所有できるものではない。

それだけ富裕な者が、富士山が噴火したくらいで後先考えずに、このような暴挙に出るものなのか。しかも、百人もの命知らずを率いるとあれば、相当の人徳と分別があると見なければならぬ。

──狂気の沙汰など、あり得ぬ。

即座に矢右衛門は断じた。つまり頭を含めて賊どもは正気を保っており、その上で、江戸湊を封鎖するという行為に出たのだ。

矢倉の上で矢右衛門は身を乗り出した。二千石船に積まれた大筒が見えるだろうか。

目を凝《こ》らすと、二千石船の甲板に黒光りする物が置かれているのが知れた。

――あれが大筒か。

朝靄の中にうずくまっている凶暴な獣のように見える。今にも獲物に食らいつこうとしているのではないか。

「おや……」

眉間《みけん》にしわを寄せて、矢右衛門は声を漏らした。二千石船の甲板には、三門の大筒があるように見えたのだ。

見まちがいなどではなかった。

二艘の千五百石船にも視線を走らせる。そちらには、それぞれ一門ずつ置かれているようだ。

――なんと、五門も。

考えもしなかった。矢右衛門は息をのんだ。

――これは容易ならぬ。いったい五門もの大筒をどうやって手に入れたのだ。

一門だけでも入手は難しいだろうに……。

胃の腑に、重いものが沈み込んだような感じがあった。矢右衛門は、ごくりと音を立てて唾を飲んだ。

――まさかわしは、恐れをなしているのではなかろうな。冗談ではない。わしはやつらを討滅するのだ。

だが、五門もの大筒を持つ者と、どうやって戦えばよいのか。

こちらにあるのは鉄砲と矢である。もちろん、火矢《ひや》の用意もある。

――これだけの得物《えもの》があれば、きっとなんとかなろう。兵の数では、明らかにまさっているのだ。

十艘の小早には、それぞれ十人の兵が乗っている。関船には、漕ぎ手以外の兵が四十人もいる。

乱戦に持ち込めばよい。それで、勝利はまちがいなくこちらのものとなろう。

しかし戦いの前に、賊の頭と話し合いの場を持たなければならない。

三艘の賊船が江戸湊を封鎖した目的があるはずで、賊の頭が交渉を求めてくるに決まっているのだ。

――いったいやつらは、なにを望んでいるのか……。

江戸湊を目の前にして、おびただしい船が川崎沖に停泊していた。その数は、すでに五十艘にも及ばんとしている。

——どの船も迷惑そうだ……。

富士山の噴火をものともせずに、せっかく江戸湊が望めるところまでやってきたというのに、無法な足止めを食らうなど、途方に暮れるしかあるまい。

江戸が大きな影響を受けるほどの天災が起き、今こそが恰好の儲け時と踏んで来た者にとっては、怒髪天《どはってん》を衝《つ》く思いであろう。

しかし、大筒で沈めるといわれれば、黙ってそこにとどまるしかない。

最初に千石船が沈められたのを目の当たりにした他の船の者が、後続の船に事態を伝達したにちがいないのだ。

——わしが、今からその忌々《いまいま》しい軛を解き放ってやるゆえ、待っておれ。

無念そうに海に浮かぶ船の群れに、矢右衛門は心で宣《せん》した。

そのとき、おや、と首をかしげた。どこからか笛の音が聞こえてきたのだ。風に乗って雅《みやび》な調《しら》べが耳に届く。

これは、と矢右衛門は呆気にとられるしかなかった。

——まさか、賊の誰かが奏でているのではあるまいな。

いや、紛れもなく賊船のほうから聞こえてくる。

――笛についてはよく知らぬが、名手といってよい腕前ではないか……。

これだけ風が強いというのに、音色が心に染み入ってくるのだ。

目をつぶって、じっと聞き入りたくなる。本当に賊が奏でているのか、と矢右衛門は勘繰《かんぐ》らざるを得なかった。

――千石船を容赦なく沈めるような無法者が……。

そういえば、と矢右衛門は思い出した。

――大筒で沈めた千石船に乗り組んでいた者たちを、賊はわざわざ小舟を出して救ったらしい。

いかなる犠牲も出す気はないということか。

――江戸湊を閉ざすという愚挙を行う者には、ふさわしくないが……。

もしや、という思いが矢右衛門の心に浮かんだ。あの笛は女が奏でているのではないだろうか。

笛の名手といえば、平敦盛《たいらのあつもり》公くらいしか矢右衛門は知らない。

――そういえば、因幡守さまも笛がお上手だったな。

以前、矢右衛門は何度も聞いた覚えがある。

——きっと、またすぐに因幡守さまの笛の音を聞けるようになろう。

それには賊を退治しなければならない。

——賊の頭の顔を見たいものよ。

そんな気持ちに矢右衛門は駆られた。だが、殺したほうが早い。それに、今はまだ、退治するための方策も一つとして浮かんでいないのだ。

——わしが頼りとするのは、なんといっても金八郎だ。

矢右衛門にとって、近臣の金八郎は軍配師《ぐんばいし》といってよい男である。

いま金八郎は背後に立ち、矢右衛門から命が下されるのを待っている。

矢右衛門の期待通り、必ずや妙案をひねり出してくれるにちがいなかった。

二

箸を持つ手を止めて、樺山富士太郎は智代《ともよ》を見つめた。

「智ちゃん、床で横になっていていいんだよ。体がきついだろうに」

妻の智代は、昨年の暮れに男の子を産んだばかりである。

「いいえ」

富士太郎につぶらな瞳を当てて、智代が笑顔でかぶりを振った。

「別に、体はきつくありません。今はあなたさまのお世話を焼いていたいのです」

「それはありがたいけど、でも完太郎《かんたろう》を産んでまだ間もないし、産後の肥立《ひだ》ちが悪くなったらと思うと、おいらは心配でならないよ」

完太郎と名づけられた樺山家の嫡男《ちゃくなん》は、今のところすくすくと育っている。智代の横で厚手の手ぬぐいにくるまれ、ぐっすりと眠っている。手ぬぐいの端が赤く染められているのは、魔除けの意味があるのだ。

「本当に大丈夫です」

柔らかな笑みを浮かべて智代が口にした。そのとき不意に、勝手口のほうで人の訪《おとな》う声がした。

いま富士太郎が食事をしている部屋は、台所の隣の間である。声はよく聞こえた。

「誰かお客が来たようだね」

勝手口のほうへ目をやり、富士太郎はつぶやいた。ええ、と智代が応じる。

台所に立って味噌汁を温め直していた母の田津《たづ》が、応対に出たようだ。なにか話している声が聞こえてくる。

——客はおいらに来たんだろうね。

ならば今のうちにとばかりに最後の飯を口に入れ、富士太郎は味噌汁で胃の腑に流し込んだ。箸を置き、茶を喫《きっ》する。

「御番所の者がいらしたのでしょうか」

智代は、どこか気がかりそうな顔をしている。

「まちがいなくそうだろうね」

それ以外、明け六つの鐘が打たれた直後に、客が来るというのは考えられない。なにか事件が起きたのだろう。

——来たのは伊助《いすけ》かな。

伊助は、六十五歳での引退を決めている珠吉《たまきち》の後釜《あとがま》となるかもしれない男である。江戸の地理について熟知しているし、働きぶりも実に熱心だ。

きっと珠吉に劣らぬ中間《ちゅうげん》に育つよ、と富士太郎は確信している。

——そういえば、珠吉はこの正月で六十四になったんだったね。一緒に働けるのも、この一年だけか……。

富士太郎はさみしくてならない。なんといっても、珠吉は中間として富士太郎をずっと支え続けてくれたのだ。珠吉がそばにいてくれたからこそ、定廻り同心としてなんとかうまくやってこられたのである。

もし珠吉がそばにいなかったら、富士太郎はきっとしくじってばかりだったのではないだろうか。

――珠吉には感謝してもしきれないよ。おいらのおとっつぁんだよ……。

珠吉と別れたくはないが、すでにかなりの歳なのだ。いつまでも中間として働いてもらうわけにはいかない。

だから、珠吉が六十五になったら、富士太郎は気持ちよく引退を祝おうと思っている。珠吉は端《はな》からいなかったものとして、すっぱりと気持ちを切り換えるつもりでいた。

――珠吉には、夢だったお伊勢参りに是非とも行ってほしいからね。

伊勢へは、すこぶる元気なうちでないと行けないだろう。

だがそれも、と富士太郎は思った。富士山の噴火がおさまらなければ話にならない。

――珠吉のためにも、早く噴火が終わってほしいねえ……。おいらの名は、富士山からもらったものだからね。皆さんに迷惑をかけているようで、心苦しいものを感じるよ。

「なにかあったのでしょうか」

案じ顔で智代がきいてきた。

「うん、あったのだろうね」

平静さを崩さずに富士太郎は答えた。富士山の噴火がいまだおさまらない中、いやな事件ではないかという気がしたが、完太郎を産んでまだ日がたっていない智代に心配をかけたくなかった。

そこに田津がやってきた。富士太郎と呼びかけてくる。

「客は伊助ですか」

すぐさま富士太郎は田津に質した。

「さようです」

真剣な顔で田津が首を縦に振る。うなずきを返して素早く立ち上がり、富士太郎は部屋を出た。ひどく冷え込んでいる台所に入る。

——智ちゃんや母上は、いつもこんな寒いところで働いているんだねえ……。

その大変さを思いやり、富士太郎は二人に深く感謝した。

勝手口の土間に、伊助が立っていた。

「おはよう、伊助」

一日のはじまりである。富士太郎はできるだけ快活な声を心がけて、伊助に挨《あい》拶《さつ》の言葉をかけた。

おはようございます、と伊助も張りのある声で返してきた。

「今日も寒いね」

「ええ、まったくです」

しかし、伊助は少しも動じていないような顔をしている。

「完太郎ちゃんはお元気ですか」

「うん、とても元気だよ。昨日もおしめを替えているときに、おしっこをかけられたよ」

「そうですか。でも、それもいい思い出になりますよね」

「ああ、そうだろうね。それより伊助、こんな朝早くから、なにがあったんだい」

富士太郎はたずねた。はい、と伊助が口を開く。

「井戸水を飲んで死人が出たようなんです」

「なんだって」

富士太郎は大声を上げそうになった。自然に腰が浮いていた。

――井戸に毒が入れられるという噂が流れたけど、本当にやっちまったんだね。まさか、うつつのことになるなんて……。

許せないよ、と富士太郎はぎゅっと拳を握り締めた。

――まったく、世の中には救いようのない愚か者が本当にいるんだね。おいらがとっ捕まえて、必ず獄門台に送ってやるよ。

「よし、詳しい話はあとだ。伊助、ちょっと待っていてくれるかい。すぐに支度をしてくるから」

「承知いたしました」

「伊助、表門に回っていてくれ」

腰を折り曲げる伊助を横目に見て、富士太郎は台所をあとにした。完太郎を抱いた智代とともに、夫婦の部屋に戻る。

すでに、いつでも出仕できるように身なりはととのえていたが、長脇差を腰に差していなかった。十手《じって》は懐に大事にしまい入れている。

刀架にかかっている長脇差を腰に差した富士太郎は智代に目を向けた。腕の中の完太郎はぐっすり眠っている。

かわいいな、と富士太郎は思った。いつまでも顔を見ていたい。

「智ちゃん、井戸に毒が入れられて死人が出たらしい」

「ええっ」

富士太郎を見上げて智代が息をのむ。

「うちの井戸は大丈夫だから、心配はいらないよ」

先ほど飲んだばかりのわかめの味噌汁も、今朝、井戸から汲《く》んだ水でつくったものだろう。富士太郎は、どこも具合は悪くなっていない。

「はい、よくわかっています」

「よし、行くとしようかね」

自らに気合を入れて、富士太郎は部屋を出た。完太郎を抱いて、智代が後ろをついてくる。

玄関まで来て、富士太郎は足を止めた。そばに立つ智代にささやきかける。

「智ちゃん、本当に無理をしちゃ、いけないよ。もしなにかあったら、必ず母上にいうんだ。母上はなんでもしてくれるからね」

「ええ、よくわかっています。義母上《ははうえ》にお任せすれば、安心ですから」

花の咲くような笑顔で智代が答えた。

「その通りだよ。じゃあ智ちゃん、行ってくるね」

「あなたさま、気をつけてくださいね」

智代がじっと見つめてくる。

「よくわかっているよ」

──もうおいらは人の親なんだからね。

そのことを富士太郎は、しっかりと自覚している。

──智ちゃんだけでなく、完太郎のためにも、これからは人一倍、いろんなことに気をつけなくちゃ、ならないんだよ。

だからといって、富士太郎は捕物の際に、命を惜しもうとは思わない。

──もしそんな気持ちを抱いたら、定廻り同心として終わりだよ。

もし命を賭けられなくなったら、なにか別の職に移らなければならないだろう。定廻り同心には、身命《しんめい》を賭《と》して江戸の安寧《あんねい》を保つという使命があるのだ。それを果たせなくなるのなら、きっぱり辞めるしかない。

──でも定廻り同心は、おいらの天職だからね。辞めるだなんて、思いもつかないよ。ずっと続けてみせるさ。

とにかく定廻り同心でいるあいだは、と富士太郎は鞭打《むちう》つように自分を戒《いまし》めた。

――命知らずでなくてはならないよ。

「あなたさま、どうかされましたか」

心配そうに智代が呼びかけてきた。式台に下りたまま、富士太郎はしばらく動かずにいたおのれに気づいた。

「ああ、いや、なんでもないんだよ。ちょっと考え事をしていただけだから」

三和土《たたき》に置かれている雪駄を、富士太郎は履いた。雪駄のあまりの冷たさに、ひゃっ、と声が出かけたが、なんとかこらえた。

私が雪駄を温めておけばよかった、と智代がいい出さないとも限らないからだ。

「では、行ってくるね」

改めて智代に告げ、眠っている完太郎の頰を軽くつついてから富士太郎は歩き出した。行ってらっしゃいませ、と智代の声が背中にかかる。

歩くうちに、雪駄の冷たさは気にならなくなった。富士太郎は妻子のことが案じられてならなかったが、これは町奉行所に勤仕している多くの者が通ってきた道でしかないことを覚った。

——おいらが、初めてというわけじゃないよ。誰もが乗り越えてきたんだ。

考えてみれば、と富士太郎は思った。戦国の昔は、男たちが子を産んだばかりの妻を家に置いて戦に出るなど、日常茶飯事だったはずだ。

いったん戦に出れば命を失い、二度と妻に会えないかもしれなかったのである。むろん、生まれたばかりの子供の顔も、二度と見られなかったのだ。

それに比べれば、と富士太郎は思った。仮にどんな悲惨な事件であろうと、探索に出るくらい、なにほどのことでもない。

捕物にしたって、いつも必ず刃傷《にんじょう》沙汰《ざた》になるわけでもない。

——生死に関わる捕物のほうが、珍しいものね。よし、今日もがんばるよ。

おのれに命じて、富士太郎は玄関を出た。東の空はだいぶ明るみを帯びてきているが、明け六つを過ぎたばかりでもあり、まだまだあたりは暗かった。目の前の石畳が、薄ぼんやりと見えにくい。

——でも、提灯はいらないね。

どうせ、すぐに明るくなるのだ。富士太郎は石畳を踏んで門に向かった。

「待たせたね」

微笑を浮かべて富士太郎は、門脇に立っている伊助に声をかけた。

「いえ、大して待っておりませんよ」

腰をかがめて伊助がにこりとした。

「でも、寒かっただろう。今朝も風が冷たいからね」

いえ、と伊助が首を横に振った。

「あっしは寒いくらいが、ちょうどいいんですよ。身が引き締まりますからね」

「そいつはうらやましい。おいらは寒がりだから、冬は嫌いなんだよ。早く春が来てほしいねえ」

寒風が、庭の梢《こずえ》を騒がしている。富士山が噴き上げる赤茶色の煙は、風に乗って辰巳の方角に流れていた。

――相変わらず、噴煙は伊豆国のほうに向かっているようだね。伊豆は火山灰のせいで、さぞかし大変なことになっているのだろうね。

富士太郎は心から伊豆の者に同情した。だが、噴煙が江戸に来なくてよかった、という思いも正直なところ、あった。

――本当に申し訳ないけど……。

こういうのは運だと思うのだ。風向きによっては、江戸に火山灰が降ったとしてもおかしくはないのである。

——この先、江戸に火山灰が降るかもしれないしね……。

考えるのもいやだったが、富士太郎の頭に浮かんできたのは井戸水のことである。

——しっかりした屋根をつけるとかしないと、井戸が使えなくなってしまうかもしれないね。

もし水を飲めなくなったら、江戸はいったいどうなるのだろう。

——毒が入れられたというのは、これが初めてだから、まだ落ち着いていられるけどさ……。これが、あちこちの井戸に毒が入れられたなんてことになったら、本当に江戸の者たちは水を飲めなくなってしまうだろうね。

そんな馬鹿なことを考える者が、この世にいるものなのか。いても不思議はないよ、と富士太郎は思った。

——富士山が噴火したのを見て、自棄《やけ》を起こす者が出てきても、おかしくはないものね。これからなにがあるか、本当にわかったものではないよ。

「よし、行こうか」

富士太郎は、伊助を従えて開け放たれている門を出た。

「それで、井戸に毒が入れられて死人が出たというのは、どこなんだい」

前を向いたまま伊助に問う。

「湯島切通町の陣兵衛店という裏店です」

「湯島切通町か……。死人は、何人出たんだい」

「御番所に知らせてきた者によれば、四人だそうです」

「えっ、四人もかい」

なんと、と富士太郎は呆然としかけた。そんなに多いとは考えもしなかった。

腹に力を入れて、気持ちを入れ直す。

「井戸水を飲んで四人が死んだ、というのはまちがいないのかい」

「まちがいないと存じます。知らせに来た者は泡を食っていたそうですが、はっきりと井戸水を飲んで死人が出たといったらしいですから」

「そうなのかい……」

いったい誰がそんな酷《むご》い真似をしたのだろう、と富士太郎は考えた。

ため息をつきたくなる。

――しかし、富士山が噴火したくらいでこの世に終わりなんて来るはずがないのに、そう考えちまう者がいるんだよねえ。生きる望みを失っちまったんなら、一人でさっさと死ねばいいのに、そういう者って、必ず人を巻き添えにしようとするんだよねえ……。まったく腹が煮えるよ。

「ところで、珠吉はどうしたんだい」

歩きながら富士太郎は伊助にきいた。

「こちらに来る前に、陣兵衛店の件についてはお知らせしておきました。じかに向かうとおっしゃっていました」

「ああ、そうかい」

珠吉も伊助も、町奉行所内にある中間長屋で暮らしているのだ。それだけに、つなぎはつけやすいはずである。

「よし、珠吉に負けちゃいられないよ。伊助、急ぐとしよう」

「承知しました」

富士太郎の前にさっと出て、伊助が先導をはじめる。

音を立てて吹き寄せる寒風に負けないように、富士太郎は足を速めた。

三

木戸の前で、富士太郎は足を止めた。

陣兵衛店と記された木札が木戸の柱に打ちつけられていた。

木戸は、さして古さを感じさせなかった。木の香りがするほどではないが、建ってから、さほどときは経過していないのだろう。

——陣兵衛店は、そこそこ新しい長屋なのかもしれないね……。

八丁堀の屋敷を出て、ここへ来るのに半刻ばかりかかった。富士太郎と伊助はうなずき合って、木戸を抜けた。

その頃には昇りはじめた太陽が家々の屋根を乗り越えており、あたりには明るさが満ちていた。寒さにめげることなく、鳥たちもかしましく飛び回っている。

陣兵衛店の敷地内は、人だかりがしていた。井戸の周りに大勢の者が集まり、わいわいと声高《こわだか》に話をしている。

その人数の多さから見て、陣兵衛店に住んでいる者だけではないようだ。井戸に毒が入れられたと聞いて駆けつけた野次馬《やじうま》も、かなり含まれているのだろう。

「亡くなった人は、どこの誰だい」

井戸の周りにいる者に、富士太郎は問うた。

「あっ、これはお役人」

町方役人の登場に、若い男が大きく目を見開いた。ほかの者たちも畏れ入ったかのように一歩、二歩と後ろに下がる。

「ああ、お役人。よくいらしてくださいましたな……」

人垣の外側に立っていた年老いた男が近づいてきて、真っ白な頭を下げた。騒ぎがあまりに大きくなったことに、閉口したような顔つきをしている。

「亡くなった人とおっしゃいましたが、実は死人は一人もおりません」

えっ、と富士太郎は呆気にとられた。後ろに控えた伊助も、驚きを隠せずにいる。

「どういうことだい。死人が四人出たと聞いて来たんだけど……」

「まことに申し訳ありません」

富士太郎を見つめて年寄りが謝った。

「御番所に知らせに走ったのは、この町の自身番の若い者なのですが、きっと早《はや》合点《がてん》したのでございましょう。苦しみ出した四人がその場に倒れただけなんでございますが……」

——なんと、死人というのが早合点だったのかい……。

釈然とはしなかったが、富士太郎は肩から力が抜けるのを感じた。

「その井戸水を飲んで、四人の者が苦しみ出したのでございます」

「苦しみ出した……。その四人は、本当に死んではいないんだね」

「さようにございます。四人ともお医者に診ていただきましたが、命に別状はないようでございます」

「それはよかった」

穏やかな笑みを富士太郎は年寄りに向けた。

「まことに、おっしゃる通りでございます。不幸中の幸い、というところでございましょうか……」

年寄りも胸をなで下ろしている。

「その四人のほかに、井戸水を飲んだ者はいないんだね」

「はい、おりません。倒れた四人は今朝の七つ頃に、ほかの住人と一緒に井戸水を使って歯磨きをはじめたのですよ」

「えっ、七つにかい。それはまた、ずいぶん早いね」

「みんな、行商人なんですよ。納豆に塩、味噌なんかを売りに出ている者たちです」

朝餉に求められることが多い物ばかりだ。江戸での商売の競《せ》りは激しい。できるだけ早く出かけるのもよくわかるね、と富士太郎は納得した。

「先に歯磨きを終え、目覚ましの水をごくりと飲んだ四人が、いきなり腹を抱えて苦しみはじめたのでございます。それを目の当たりにして、手前は心底びっくりいたしました」

よほど驚いたようで、年寄りは今も血相を変えている。

「おまえさんもそばにいたんだね。行商人かい。この長屋の住人のようだけど……」

「申し遅れました。手前は陣兵衛と申します。この長屋の差配人《さはいにん》をつとめております。どうか、お見知り置きを……」

深く腰を折り、陣兵衛が辞儀する。差配人とは家賃を集めたり、住人たちの世話を焼いたり、壊れたところの修繕の手配をしたりするのが役目である。大家とも呼ばれ、家主に雇われている者がほとんどだ。

「井戸水を飲んだ四人が苦しみはじめたとき、手前もちょうど顔を洗おうとしていたのでございますよ。行商に出る者たちを、見送るのを常としておりまして……」

――ああ、そういうことかい……。

「そのあと、誰にも井戸は使わせていないんだね」

「もちろんでございます。怖くて誰も使えません……」

そうだろうね、と思って富士太郎はうなずいた。

「一応きくけど、ここの井戸に毒が入れられたのは、まちがいないんだね」

「まちがいないと存じます。四人を診てくださったお医者も、四人とも毒に中《あた》ったのだとおっしゃいました。昨夜、手前はこの井戸の水を汲んで沸かし、白湯《さゆ》を飲んだのですが、なんともありませんでした。昨夜遅く、誰かが毒を入れたに決まっています」

ぐいっと背筋を伸ばした陣兵衛が怒りの目になった。

「水を汲んで飲んだのは、昨夜の何刻のことだい」

「あれは……。多分、四つに近い頃だったと存じます」

毒を入れたのはそれ以降ってことになるね、と富士太郎は思った。人《ひと》けの絶えた深更に、凶行は行われたのだ。

「お役人、実はこんな文が……」

陣兵衛がなにやら紙を手渡してくる。ひと目見て、警告文だとわかった。

「井戸に毒、飲むべからず、か……。この文はどこにあったんだい」

「はい、井戸から二間ばかり離れたところに落ちていました。もしかしたら風に

飛ばされたのかもしれません」

「もし、風に飛ばされずに、井戸のすぐそばにこの紙があったら、水を飲むことはなかったかもしれないねえ。それにしてもなぜこの長屋の井戸に毒が入れられたのかな」

富士太郎にきかれて、陣兵衛が戸惑いの顔になる。

「それが、手前にはさっぱりわからないのでございます。もしかすると、手前がうらみを買ったのかもしれませんが、そんな心当たりはまったくないもので……」

「この文を誰が書いたか、わかるかい」

文には差出人の名は書かれていない。

「いえ、わかりません。見当もつきません」

途方に暮れたように陣兵衛が天を仰ぐ。

「住人の中に、うらみを買うような者はいないのかい」

近くにいる者たちに聞こえない声で、富士太郎は問うた。

「いないと思います」

はっきりとした声音で陣兵衛が答えた。

「うちの長屋の連中は、みんな、気のいい者ばかりです。商売にも熱心で、楽して稼ごうなんて思う者は一人としていないですし、喧嘩なんかも、ろくにしたことがない者ばかりでございます。井戸端で四人が倒れたときも、まだ眠っていた者まで起き出し、助け合って床に寝かせたりしたくらいでございますから……」

「商売にも熱心だといったけど、そっちのほうで諍《いさか》いがあったとは聞いたことはないのかい」

「行商人ですから、縄張についての争いがないとはいえないようですが、それをうらみに思って井戸に毒を入れるとは、手前にはとても思えないのでございますよ」

　そうなのかな、と富士太郎は熟考してみた。

　――ふむ、陣兵衛のいう通りかもしれないね。たかが商売のいざこざで、井戸に毒を撒くなんて、確かにあり得ないよ。

　商売を巡る諍いなら、いくらでもあったはずだ。それで井戸に毒を入れられるなど、これまで一度も聞いたことがない。

　――諍いがあって本当にその行商人をうらんでいるのなら、わざわざ井戸に毒なんか入れないよ。

うらみを晴らすなら、なにか別の手立てを取るはずである。井戸に毒を入れたら、関係のない者が死んでしまうかもしれない。もしそれで子供が死んだら、目も当てられないではないか。

ほかにきいておくべき事柄があるだろうか、と富士太郎は自問した。

「毒に中った四人の具合はどうなんだい。命には別状がないとのことだけど……」

「井戸水を飲んだ直後は吐き気があったり、腹が痛かったりしたようですけど、診てくださったお医者は、腹を下したも同然で、薬を飲んでおとなしく寝ていれば二日ほどで治るだろうとおっしゃいました。それくらいで働きはじめられるということで、四人とも喜んでおりますよ。手前も、まことによかったと思っております」

——毒を飲んだのに、腹を下しただけか。井戸水で毒が薄まったのかな。

それほど症状が軽いのなら、四人に話を聞くまでもないかもしれない。その程度なら、やはり誰かのうらみを買っているというのは、あり得ないのではないか。

「四人を診た医者は、まだここにいるのかい」

新たな問いを富士太郎はぶつけた。

「いえ、先ほどお帰りになりました」

「なんという医者だい。近所に住んでいるんだね」

その医者に、富士太郎は話をきいてみたかった。どんな毒が井戸に入れられたのか、わかるかもしれない。

「ありがたいことに、尊庵《そんあん》先生は、十年ほど前、町内に医療所を開いてくださいました」

町医者に、信頼が置ける者はあまりいない。医術の心得がまったくなくとも、医者の看板を掲げられるためだ。町医者は藪《やぶ》だと考えている者は数多い。

「尊庵さんの腕はよいのかい」

「ええ、すこぶるよいとの評判でございますよ。診療所は、いつも患者で一杯でございますから……」

「ああ、それはいいことだね」

「よい人が来てくださったと、この界隈の者は心から喜んでおりますよ」

富士太郎が尊庵の診療所の場所をたずねると、陣兵衛は快く教えてくれた。

「通りに出ていただいて、右に折れます。すると、半町ばかり行ったところに医療所の看板が出ております。そんなに大きな看板ではありませんが、見落とすようなことはまずないと存じます」

ありがとうね、と富士太郎は陣兵衛に礼を述べた。

「お役人は、今から尊庵先生に話を聞きにいらっしゃるのですね」

「そのつもりだよ」

「すぐに診ていただき、尊庵先生には感謝しかございません。どうか、よろしくお伝えください」

尊庵への謝辞を口にして、陣兵衛が深く腰を折った。

「必ず伝えるよ。――ああ、そうだ。もし珠吉という年寄りの中間がここに来たら、おいらたちは尊庵先生のところに行ったと伝えてくれるかい」

「珠吉さんですね。承知いたしました」

「よろしく頼むよ。――よし、伊助。行くとしようか」

「承知いたしました」

富士太郎の前にさっと立ち、野次馬を避けるようにして伊助が足早に歩きはじめる。

尊庵の医療所は、陣兵衛がいった通り、すぐに知れた。

富士太郎は、名乗りを上げて医療所に足を踏み入れた。

医療所にはすでに何人かの患者が来ていたが、ときは取らせぬゆえ、と断って尊庵の前に座した。

尊庵は、まだ四十にはいくつか間があると思える男だった。

瞳はすっきりと澄んでおり、まっすぐな性格の人物と思われた。腕がよいというのもわかる気がするね、と富士太郎は思った。

「井戸に入れられたのが、毒ではないとは考えられませんか」

挨拶もそこそこに、富士太郎はさっそく問いを放った。

「それはありませんね」

柔らかな笑みを浮かべて、尊庵が首を横に振った。

「井戸に入れられていたのは、紛れもなく毒です。ただし、かなり弱い毒ですね」

「かなり弱い毒……」

さっぱりと剃り上げた頭にそっと手を触れて、尊庵が言葉を続ける。

「患者の目付きも言動もしっかりしておりましたので、よほど少量だったのでしょう。手前も井戸水を小指の先につけてなめてみましたが、かすかにぴりっとするくらいでして。毒とはいえ、あれでは鼠も殺せないでしょう」

「そんなに弱いのですか」

ええ、と尊庵が顎を引く。

「もしあれで人を殺そうと思ったら、三、四升は飲ませないと無理でしょうな」

──そんなにか……。だからこそ、四人の行商人は腹を下したくらいで済んだんだね。

「ですから、井戸に毒を入れた者には、おそらく強い殺意はなかったのではないかと」

軽く息をついて尊庵が断言する。

「本当に殺す気があれば、もっと強い毒を使うというのですね」

すかさず富士太郎は問うた。

「そういうことです」

──下手人には、殺す気がなかったのか。ならば、いったいなんのために井戸に毒なんか入れたのかな。

うつむき、富士太郎は首をひねった。

「下手人は、なぜこんな愚かな真似をしたのか」

まるで富士太郎の心を読んだかのように、尊庵がつぶやく。顔を上げて、富士太郎は耳を傾けた。

「手前の考えですが、富士山が噴火し、この世の終わりが来たなどといわれているときです。気持ちがくさくさして、なにか騒ぎを起こして憂《う》さを晴らしたかったのかもしれません」

「世間の耳目《じもく》を集めて喜ぶような輩の仕業だと、先生はおっしゃるのですか」

ええ、と尊庵が首肯する。

「とにかく、皆が騒げば騒ぐほど胸がすくという者かもしれません」

「しかし、なにゆえ陣兵衛店が選ばれたのでしょう。裏店よりも表店のほうが目立つと思うのだけど……」

「表店は通りに面していますから、人目が気になったのかもしれません。夜でも人通りはありますし」

「確かにそうですね」

「もし世間の耳目を集めたい者の仕業とするなら、ほかの長屋の井戸にも毒を入れているかもしれません。もちろん、長屋に限らないかもしれませんが……」

ええ、と富士太郎は首肯した。犯行を楽しんでいる者の仕業なら十分にあり得る。

「それは考えられますね……」

――もしそれがうつつのことになったら、いったいどうなるんだろう……。

いくら死人が出なかったとはいえ、富士太郎はぞっとせざるを得ない。

――井戸水を飲む者は、いなくなってしまうだろうね……。

とにかく、と富士太郎は決意した。

――こんな馬鹿な真似をした下手人を、一刻も早く捕らえなきゃいけないよ。

「尊庵先生、患者を診ていただき、ありがとうございました」

富士太郎は陣兵衛の感謝の思いを伝えた。

――もし湯島界隈で人死《ひとじ》にが出たとき、この人に検死を頼んでもよいかもしれないね。

検死には、信頼の置ける腕のよい医者が必要なのだ。

「いえ、お役人にいわれるほどのことはありませんよ」

にこにこと笑った尊庵が、顔の前で手を振ってみせた。

「では、それがしはこれにて失礼いたします。お忙しいところ、まことにありがとうございました」

改めて礼を述べて、富士太郎は長脇差を手に立ち上がった。

「樺山さん」

居住まいを正して、尊庵が見上げてきた。強い眼差しを富士太郎に注いでいる。

「毒を撒いた下手人を、一刻も早く捕らえてくださいね」

「よくわかっています。必ず捕らえます」

尊庵を見返して富士太郎は誓った。

「樺山さまはまだお若いが、とても頼りになりそうだ。必ず下手人を捕らえてくださるでしょう」

「力を尽くします」

一礼して、富士太郎は尊庵の前を辞した。隣の待合部屋に行くと、患者はさらに増えていた。

待合部屋は、ほぼ一杯になっている。済まなかったね、と患者たちに謝って富士太郎は外に出た。

戸口のそばに伊助が立っていた。

「待たせたね」

「いえ、大して待っておりませんよ」

富士太郎を見つめて、伊助が微笑する。

「珠吉はまだ来ていないようだね」

そこに珠吉の姿はなかった。

「ええ、そうですね。どうかされたんでしょうか……」

「なにもなければいいけど……」

富士太郎は少し心配だった。珠吉は病《や》み上《あ》がりといってよいのだ。

――もしかすると、この寒さがこたえたのかもしれない。無理をさせちゃいけないね。

医療所の中で尊庵とどんな話をしてきたか、富士太郎はその場で伊助に語って聞かせた。

富士太郎の話を聞き終えた伊助が、顔を曇らせる。

「陣兵衛店の井戸に毒を入れたのは、世間を騒がして楽しもうという輩ですか……」

「まだわからないけどね。もし尊庵先生の見立てが当たっているとしたら、まったくつまらないことをする者がいるものだよ……」

「つまり、人を殺すまでの度胸はないということですね。それならば、弱い毒というのはうなずけます」

「井戸に毒を入れてしまったら、誰も死ななくとも、死罪はもう決まりだけどね」

「そうなりましょう」

合点がいったように伊助が同意する。

「それでしたら、手前どもで下手人をさっさと捕まえましょう」

力の籠もった声を伊助が上げた。

「そうだね。とっ捕まえたら、がちがちにふん縛ってやるよ」

負けじと富士太郎は声を張った。

「それは是非ともあっしにやらせてください。それで樺山の旦那、これからどうしますか」

「そうだね……」

腕組みをして富士太郎は思案した。

「警めの文があったということは、真夜中に陣兵衛店の井戸に毒を入れた者を見た人がいるはずだ。それを捜すしかないかな……」

ほかになにをすべきか、富士太郎は思いつかない。地道にやれば、下手人の姿を見た者を、見つけ出せるのではないか。

——手堅く地味に探索していくのを、おいらは得手としているからね。きっとうまくいくよ……。

「そのような者を捜すまでもない」

いきなり横合いから声がして、富士太郎は驚いた。その場で、ぴょんと跳ね飛びそうになった。

「あっ、倉田さん……」

医療所の陰から姿をあらわしたのは、佐之助だった。

四

「どうしてここに……」

そんな問いが富士太郎の口をついて出た。

「実は、気になって陣兵衛店を訪ねてみたら、あの騒ぎでな。警めの文は役に立たなかったようだな」

「えっ、あの文のことを知っているのですか。では、陣兵衛店でなにがあったのか、倉田さんはご存じなのですね」

間髪を容れずに富士太郎は質した。佐之助は陣兵衛店の件で、なにか知っているのは疑いようがなかった。たまたま陣兵衛店のそばを通りかかったわけではないらしい。

「あの文は俺が書いて井戸のそばに置いたのだ」

厳しい顔つきの佐之助の言葉に、富士太郎は息をのんだ。

「昨晩のことだ……」

富士太郎のそばに立ち、佐之助が話はじめた。佐之助をじっと見て、富士太郎は耳を傾けた。

ほとんど息を継がずに、佐之助が話し終えた。さすがに驚きを隠せず、富士太郎はため息を漏らした。

「その十人が、それぞれ二人組になって、各所に毒を撒いたかもしれないのですか……」

富士太郎にとって、思いもかけないことだった。横で伊助も瞠目している。

「そうだ。陣兵衛店の井戸に毒を入れたのは、その者どもに決まっている」

佐之助が懐に手を入れた。出したのは、一枚の紙である。

「これが、その十人の頭とおぼしき男だ。昨夜、描いておいた」

佐之助が人相書を差し出してきた。

「見せていただきます」

人相書を手に取り、富士太郎はじっくりと見た。伊助も鋭い目を当てている。

「歳は五十前くらいでしょうか。引き締まった顔つきをしていますね」

さらに富士太郎は人相書を見続けた。男の人相を目に焼きつけたと確信した。

「覚えました。二度と忘れません。では倉田さん、これはお返しします」

富士太郎は人相書を佐之助に戻そうとした。

「いや、樺山。それは持っていてくれ」

「えっ、よろしいのですか」

「きさまに会ったら渡そうと思って、昨夜のうちにもう一枚、描いておいたのだ」

「それはありがたい。では、遠慮なくいただきます」

丁寧に折りたたみ、富士太郎は人相書を懐にしまい込んだ。それにしても、と佐之助に向かって口を開く。

「鉄砲洲の海から、舟で上がってきた十人の仕業ですか……。この人相書の男に率いられた者どもは、いったい何者でしょう」

「それは、まだわからぬ。毒を撒いた目的も、判然とせぬ」

「十人もいたのなら、世間を騒がすのを楽しんでいる輩ではありませんね」

「ちがうだろう。なにか目的があって、毒を撒いたのだ。それと樺山、昨夜五つ頃に三度、爆鳴のような轟音が海から響いてきたが、きさまは聞いたか。あの十人は、その轟音と関係している者どもではないかと思うのだが」

「えっ、海から三度、轟音がしたのですか。それは聞かなかったですね」

顎に手を当て、富士太郎は考え込んだ。

「昨夜五つ頃というと、本郷《ほんごう》のほうで喧嘩の仲裁にかかりきりでした……」

富士太郎の言葉に伊助が、その通りですというようにうなずいてみせた。

「喧嘩の仲裁か。それは大変だったな」

「ええ、もう二十人近い者同士の大喧嘩でしたから……」

「そんなに大勢か」

あきれたような声を佐之助が発した。

「それならば、海からの爆鳴など聞こえるはずもない」

「倉田さん。その爆鳴というのは、いったいなんだったのですか」

「それもまだ判然とせぬ」

「倉田さんが後をつけていった二人が武家屋敷に忍び込み、井戸に毒を入れたとのことでしたが、その武家屋敷の主が誰かわかったのですか」

富士太郎は別の問いを投げた。うむ、と佐之助が首を縦に振った。

「今朝早く、音羽町の住処を出てここに来る前に調べてみたところ、北川香ノ進《きたがわこうのしん》という旗本の屋敷だと知れた」

「北川さま……」

富士太郎は、その名に心当たりはなかった。これまで一度も聞いたことはない。伊助も知らないようだ。

「何者ですか」

「家禄は千七百石、もともと今の老中首座の本多因幡守の家臣だったらしい。今は無役のようだが」

「無役とはいえ、老中首座の元家臣が千七百石の旗本になったのですか……」

ああ、と佐之助が相槌を打った。

「本多家で重臣をつとめていたらしいが、旗本として一家を成すのを、因幡守から許されたらしい。いずれ、なんらかの要職に就くのではないか」

「そうかもしれませんね。しかし、陪臣《ばいしん》から大身の旗本に出世するなど、滅多にあることではありませんね」

その通りだ、と佐之助が応じる。

「どうやら因幡守の懐刀《ふところがたな》と評判の男らしい」

「ところで、北川家では、井戸に毒を入れられて騒ぎになっていましたか」

「塀越しにしか中の様子はうかがえなかったが、どうやら騒いではおらなんだ。昨夜、俺は警めの投げ文をしておいたから、それが効いたのかもしれぬ」

「それなら、誰も井戸水を飲まなかったでしょう。北川さまは本多因幡守さまに、井戸に毒が入れられたことを報告したのでしょうか」

「きっとしただろう。本多因幡守は細かいことにけっこううるさいとの評判だ。そんな男の心をつかみ、出世した者がその手の報告を抜かるとは考えにくい」

「確かにそうですね」

「北川家のことを調べたあと、俺は陣兵衛店の様子を見に来てみたのだ。そうしたら、きさまが木戸から出てきた。それであとをつけてきたのだ」

頭上の看板に、佐之助が目を当てる。

「それで、それがしがここから出てくるのを待っていらしたのですか」

うなずいた佐之助の目に、なにか感情らしきものが浮かんでいるのに富士太郎は気づいた。なんだろう、と凝視する。

「樺山、警めの文を長屋の井戸に置いておいたとはいえ、昨夜のうちに八丁堀を訪ね、毒が撒かれたことをきさまに話しておくべきだった」

「倉田さん、運悪く警めの文は風に飛ばされてしまったようですが、幸い死人は出ていません。これからできるだけのことをいたしましょう」

佐之助を見つめ、富士太郎は励ました。

「そうだな。全力を振りしぼって探索に臨むことにしよう」

それを聞いて富士太郎は心が弾んだ。佐之助が探索に加わるのは、ありがたいことこの上ない。

――倉田さんが探索を手伝ってくれるのか。それは心強いね。いや、手伝うといっては失礼だね。倉田さんは探索の手練《てだれ》だよ。おいらたちより早く、下手人を捕らえるかもしれないもの……。

「あの者らが北川屋敷の井戸に毒を入れたのは、北川香ノ進にうらみを抱いているゆえだろうか。それとも……」

宙をにらみつけて佐之助がつぶやいた。

「本多因幡守の懐刀と言われた北川の屋敷に忍び入ったということは、下手人どもの本当の狙いは本多因幡守ということも……」

――ああ、そういう考えもできるね。

佐之助の聡《さと》さに富士太郎は感心した。

「老中首座にまで登り詰める人なら、これまでにさまざまなうらみを買っているでしょうからね」

「そういうことだ。あの者たちはただ単に井戸に毒を投げ込むためだけに、江戸に上陸したわけではなかろう。なにか他の狙いが必ずあるはずだ」

「なるほど……」

富士太郎が感嘆の声を発したそのとき、二人の年寄りがなにやら声高に話しながら、富士太郎たちのほうへとやってきた。二人は尊庵の患者のようだ。

富士太郎の耳に、なんのために三艘の船は江戸湊を閉ざしているんだろうね、という言葉が飛び込んできた。医療所のみんなに話してやったらさぞかしびっくりするだろうよ。そんな言葉があとに続いた。

――えっ、いったいなんのことだい。いま江戸湊を閉ざしている三艘の船っていったよね……。

二人の年寄りが富士太郎たちに気づいて、口をつぐんだ。畏れ入ったような顔で一礼し、前を通り過ぎようとする。

富士太郎は、すぐさまその二人に話を聞こうとした。だが、その前に佐之助が足を踏み出していた。

「おい、待て」

語気荒く、佐之助が痩せた年寄りに声をかけた。前途を遮《さえぎ》るように、二人の年寄りの前に進む。

痩せた年寄りがびっくりして、佐之助を見つめる。やや肥えた年寄りも、すくんだように足を止めた。

「なんでしょうか」

おびえたような声で、痩せた年寄りが佐之助にきく。

「驚かせてしまったか、済まなかったな」

微笑を浮かべて、佐之助が穏やかな声で謝った。

「いえ、それはよろしいんですが……」

痩せた年寄りが胸をなで下ろしたのが、富士太郎にはわかった。

「今おぬし、三艘の船が江戸湊を閉ざしているといったな」

「えっ、ええ。申しましたが、それがなにか」

「その三艘の船について、知っていることを話してくれ」

「それは構いませんが、あっしたちはただ、馴染《なじ》みの行商人から話を聞いただけなんですよ。行商人は、品川のほうから来た人から話を聞いたといっておりましたが……」

「それで十分だ」

痩せた年寄りが唇を湿してから、話しはじめた。

昨夜から、正体不明の三艘の船によって江戸湊は封鎖されている。江戸に入ろうとするすべての船が、川崎沖で停められているそうだ。船の命に逆らって通り抜けようとした一艘の千石船が、大筒の玉を食らって沈められたという。

なんだって、と富士太郎は驚愕《きようがく》した。

――番所の役人なのに、おいらはそんなことも知らなかったよ。

南町奉行所は今頃、大騒ぎになっているのではあるまいか。そのせいで、珠吉は来るのが遅れているのかもしれない。富士太郎に伝えようと、いろいろと調べているのではあるまいか。

——でもおいらたちは、曲田さまという御奉行を戴いているからね。曲田さまに任せておけば安心じゃないかな。

富士太郎は曲田伊予守に絶大なる信頼を寄せている。

「大筒は三度、放たれたのではないか」

鋭い口調で佐之助が年寄りにたずねた。

「ええ、どうもそのようですよ」

身を引き気味に年寄りが肯定した。

「それで、公儀はなにをしているのだ」

「なんでも、御船手頭さまが関船に乗り込まれ、何艘もの小早を引き連れて、湊を出ていったらしいですよ」

「船手頭は三艘の船を攻撃したのか」

「いえ、そこまでは……」

「そうか……」

下を向き、佐之助が沈思《ちんし》しはじめた。

——いくら千石船を沈めたからといって、船手頭もいきなり攻撃はしないだろうね。

心中で富士太郎はうなずいた。やはり三艘の正体を知ることからはじめなければ、ならないのではないか。まずは首謀者の話を聞こうとするはずだ。

「あの、もう行ってもよろしいでしょうか」

痩せた年寄りが佐之助に申し出る。医療所の看板をちらりと見上げた。

「ああ、ときを取らせた。行ってもらって構わぬ」

「ありがとうございます。では手前どもは、これで失礼いたします」

ほっとしたように頭を下げて、二人の年寄りが歩き出した。

「三艘の船が江戸湊を閉ざしているのか」

眉根を寄せて、佐之助が唇を嚙み締めた。

「その三艘の船は、いったいなにが目的なのでしょう」

佐之助を見つめて富士太郎はきいた。

「わからぬ。だが、毒を撒いた十人がその三艘の船からやってきたのだとしたら……」

目を閉じて佐之助が考え込んだ。まぶたを下ろしたまま口を開く。

「あちこちの井戸に毒を入れたとしたら、江戸の者は井戸水を飲めなくなるな」

「ええ、火山灰が降ったのと同じことになりましょう」

「江戸湊を閉ざし、すべての船を足止めさせると、樺山、なにが起きると思う」

目を開けて、佐之助が富士太郎に問う。

「下《くだ》り物《もの》など、さまざまな品物が江戸に入ってこなくなりましょう」

その通りだ、と佐之助が苦い顔でうなずいた。瞳には怒りの炎が燃えている。

「三艘の船からやってきたとおぼしき十人は井戸に毒を撒くことで、まず江戸の水を封じた。三艘の船の目的は食べ物を封ずることだとしか思えぬ……」

「では三艘の船は、江戸に米を入れないようにしたというのですか」

「米だけでなく、ほかの物資も入ってこなくなろう」

むう、という声が富士太郎の口から自然に漏れた。

「そんなことになれば、江戸の者が飢えてしまいます」

富士太郎はほとんど叫んでいた。

「それが三艘の船の狙いかもしれぬ」

「江戸の者を飢えさせるのが目的……」

そいつはあまりにひどい、と富士太郎は思った。あまりに怒りが強くて、体が震え出しそうだ。

「三艘の船の目的はまだはっきりとはせぬが、そう考えるのが自然のような気がする」
「なにゆえ、そのような酷い真似をするのでしょう」
　できるだけ冷静な声で富士太郎はきいた。
「それはまだわからぬ。江戸自体にうらみがあるのか。いや、江戸を統《す》べている
も同然の老中首座を憎んでいるのかもしれぬ」
「もし本多因幡守さまにうらみを抱いているのなら、ご本人に矛先《ほこさき》を向けるべき
だと思いますが……」
「確かにその通りだが、賊はまず江戸の者たちから、と思っているのかもしれ
ぬ」
「しかし、海を閉ざしただけで江戸に住む者たちを飢えさせることなど、できる
ものでしょうか。米は、海路で運ばれてくるだけではありませんよ」
　その通りだな、と佐之助が応じる。
「利根川《とねがわ》の水運を通じ、小名木川《おなぎがわ》からも入ってくる」
　ええ、と富士太郎は点頭した。
「しかし樺山、海を渡ってくる千石船や千五百石船、二千石船と高瀬舟《たかせぶね》では運べ
る米の量は比べものにならぬ。小名木川の舟運《しゆううん》だけでは正直、高が知れておろ

う」

倉田さんのおっしゃる通りだね、と富士太郎は肩を落とした。

――小名木川で運ばれてくる米だけでは、江戸の町人たちの胃袋を満たすことなどできやしない。海から入ってこなければ、いずれ米の値が跳ね上がるだろうね。

そのとき、珠吉が姿をあらわした。

「旦那――」

富士太郎に呼びかけて、血相を変えた珠吉が急ぎ足で近づいてきた。富士太郎のそばに佐之助がいるのに気づき、会釈してみせる。伊助にも挨拶をした。

「旦那、大変なことが起きましたぜ」

富士太郎のそばに立ち、珠吉が口を開いた。

「珠吉、江戸湊を閉ざしている三艘の船のことかい」

富士太郎がずばりいうと、珠吉が目を大きく見開いた。

「もう知っていましたか」

「さっき聞いたばかりだけどね。珠吉は詳しい話を知っているのかい」

「旦那のためにいろいろと調べてみたんですが、あっしが仕入れることができたのは、船手頭が率いる水軍衆が、いま三艘の賊船と対峙しているということだけですよ。まことに面目ありません……」

「船手頭は賊に攻撃を仕掛けたのかい」

いえ、と珠吉がかぶりを振った。

「まだみたいですよ。御船手衆の攻撃がはじまったら、きっと鉄砲や大筒の音が響き渡るでしょうからね」

　珠吉の言葉に富士太郎は同意した。

「よし、では俺は行くぞ」

　佐之助が富士太郎に告げる。

「どちらに行かれますか」

「人相書の男を追うつもりだ」

「わかりました。よろしくお願いします」

「頼まれずともやるさ。ところで樺山、跡継ぎは元気か」

「ええ、おかげさまで」

「それは重畳《ちょうじょう》」

　小さな笑みを浮かべて、佐之助が去っていった。

「ところで旦那」

珠吉が顔を寄せてきた。

「完太郎ちゃんは元気ですかい」

「いま倉田さんが同じことをきいたばかりじゃないか」

「あっしは、旦那にじかにききたいんですよ」

「ああ、おかげさまで元気だよ」

「旦那、また完太郎ちゃんの顔を見に行っても構いませんかい」

「もちろんだよ。いつでもおいでよ」

「おつなも連れていってもよろしいですかい」

おつなは長年連れ添った珠吉の女房である。

「当たり前だよ」

「ありがとうございます」

破顔して珠吉が頭をぴょこんと下げた。

——珠吉は、完太郎がかわいくて仕方ないようだね。まあ、自分の孫も同然だからね。しかし、おいらたちはこれからなにを探索すべきかな。倉田さんと同じように、人相書の男を捜すのがいいのかな。

富士太郎は決断を下そうとした。だが、そのとき一人の若い男がこちらに一目散に駆けてくるのが見えた。

あれは、と富士太郎はじっくりと若者の顔を見た。

——見覚えがあるね。確か……。

富士太郎の頭の中で、記憶の帳面がぱらりとめくれた。

——湯島切通片町の自身番で働いている小者だね。賽吉《さいきち》だよ。

富士太郎に向かってまっすぐ走ってきた賽吉が、土埃《つちぼこり》を上げて立ち止まった。ひどく赤い顔をしており、苦しそうに膝に手を置いた。ぜえぜえと、鞴《ふいご》のような荒い息を吐いている。

——よほど泡を食って走ってきたんだね。水を飲ませてやりたいけど……。

今は手に入りそうになかった。

「樺山さま、やはりこちらでしたか」

かすれ声でいい、賽吉がようやく上体を持ち上げた。少しは息が落ち着いてきているようだ。

「賽吉、なにかあったのかい」

「ええ、ございました」

賽吉がごくりと喉仏を上下させた。

「なにがあったんだい」

「ええ、実は、うちの町の裏店でも井戸に毒が入れられ、店子《たなこ》が倒れたのでございます」

「えっ、切通片町でもかい……」

恐れていたことが起きたのを、富士太郎は感じた。

「死人は」

恐る恐る富士太郎はきいた。

「いえ、陣兵衛店と同じで出ておりません」

そいつはよかった、と富士太郎は少しだけ安堵を覚えた。

「毒にやられたのは何人だい」

「切通片町の二つの裏店で、五人がやられました。ただ、五人とも吐き気を催したり、腹痛を覚えたりしているだけです。命に関わるほどのものではないようです」

「医者に診てもらったかい」

「診てもらいました。お医者によれば、皆さん、数日で起きられるようになるはずとのことです」

「そうかい。不幸中の幸いというやつだね」

「ええ、まったくです」

しかしこれで、と思い、富士太郎は顔をゆがめた。

――江戸の町人は、本当に長屋の井戸から水は飲まなくなるだろうね。飲めるはずがないもの……。

江戸はどうなるのだろう、と富士太郎は暗澹《あんたん》たる思いを抱いた。

水が飲めず、下手をすれば、米も食べられなくなるかもしれないのだ。米を求めて殺気立った者たちが押し寄せて、打ち壊しが起きるかもしれない。

これから物騒な世になるのはまちがいなさそうだ。

――本多因幡守さまの世をひっくり返そうという者の仕業かな……。

そんな思いが、富士太郎の脳裏をちらりとかすめた。

――本多因幡守さまにどんなうらみを抱いているか、知らないけど、まったく迷惑なことをしてくれるよ。

富士太郎の中で怒りが湧いてきた。しかし、海の上では自分にできることはない。

——船手頭さまが、どんな働きをしてくれるかだね。

誰が今の船手頭だったか、富士太郎は思い起こした。

——清水矢右衛門さまだったね。もうずいぶんと長く船手頭をつとめていらっしゃるお方だよ。

矢右衛門には、一刻も早く三艘の船を打ち砕き、江戸湊の軛を解いてほしかった。

五

真っ青な空を背景に、つややかな太陽が日射しを注いでいる。それと同時に、風が暖かくなってきたような気がする。

——うむ、気持ちよいな。

笛の音が聞こえてくる二千石船を見据えつつ、矢右衛門は伸びをした。

不意に、背後の梯子《はしご》を誰かが登ってくる音が聞こえてきた。振り返ってみると、使番《つかいばん》をつとめる鳴滝全七《なるたきぜんしち》が姿をあらわしたところだった。

「殿——」

　矢右衛門に呼びかけて、全七が足早に近づいてくる。そばに控える軍配師の大原金八郎も怪訝そうに全七をじっと見ている。

「どうした」

　使番という重要な役目に就いているにもかかわらず、全七はいつも眠そうな顔つきをしている男だが、今は目を大きく見開いており、眠気などまったくなさそうに見えた。

　――なにかあったのか……。

　全七を見つめて矢右衛門は身構えた。

「先ほど、本多因幡守さまより使いがございました」

「因幡守さまの使いだと。その者は船で来たのだな」

「はっ、小早でまいりました」

「その使いはどうした」

「小早で戻りました。すでに千代田城に向かっているものと……」

　もう帰ったのか、と矢右衛門は少し拍子抜けした。

「それで、因幡守さまの使いはなんと申したのだ」

　すぐさま矢右衛門はたずねた。

「賊船にいる笛の名手を捕らえ、因幡守さまのもとに連れてくるようにとの仰せにございます」

「笛の名手を捕らえよと……」

　なるほどな、と矢右衛門は納得した。

　——賊船に笛の名手が乗っているとお聞きになり、因幡守さまは興を引かれたのであろう。是非とも、その者の顔を見たいとお考えになったのだな。

「承知した。必ず捕らえよう」

　はっ、と全七が低頭した。間を置かずに言葉を続ける。

「笛の名手だけでなく、頭も生きて捕らえよとの仰せにございます」

　むう、と矢右衛門はうなり声を上げそうになった。なにゆえこのような暴挙に出たのか質すために、因幡守は賊の頭にじかに会ってみたいのだろう。

　——お気持ちはわからぬでもないが、殺してしまったほうがよい。

　三艘もの大船を率いる頭を、果たして捕らえられるものなのか。頭なら、捕まると悟ったときには死を選ぶのではないか。

　その覚悟もなしに、これだけの暴挙に出ることなど考えられない。きっと頭は死に物狂いの抵抗を見せるにちがいない。

殺してしまったほうが、と矢右衛門は思った。後腐れがない。それは、疑いようがなかった。

――もし頭とあの笛の名手が同一の者であれば、捕らえるのに否やはないが……。因幡守さまの命とあらば、やるしかあるまい。

二千石船を見据えて、矢右衛門は決意を固めた。

――頭を生きて捕らえれば、必ずや立身の糸口となろう。富士の噴火は、わしにとって天命だ。わしはあの噴煙のごとく、沖天《ちゅうてん》の勢いで雄々《おお》しく出世してみせよう。

「因幡守さまの命《めい》はそれだけか」

全七に目を据えて、矢右衛門は問うた。

「以上にございます」

「ならば、下がれ」

はっ、と全七がこうべを垂れ、体をくるりと返した。梯子を下りていく。

「宗兵衛《そうべえ》――」

矢右衛門は、家老をつとめる下田《しもだ》宗兵衛を呼んだ。

はっ、と背後で声がし、宗兵衛が矢右衛門の横に回り込んできた。

「そなたに役目を与える。宗兵衛、それがなにかわかるか」

「わかります」

厳《おごそ》かな声で宗兵衛が答えた。

「なにが望みで江戸湊を閉ざしているのか、賊の頭から聞き出せと殿はお命じなさるおつもりではありませぬか」

「その通りだ」

さすがに宗兵衛は聡《さと》い。横を向き、矢右衛門は清水家の家老の顔をじっくりと見た。

「宗兵衛、やれるか」

「やれます」

宗兵衛の目には力が漲《みなぎ》り、その表情は自信に充ち溢れている。

「ならば、行ってまいれ」

「承知いたしました」

答えて宗兵衛がその場を離れ、舷側《げんそく》をさっと乗り越えた。綱を伝い、小早に素早く乗り移る。

宗兵衛を乗せた小早が動き出し、二千石船に向かっていく。

小早が近づいてくるのを認めたか、それまで続いていた笛の音が不意に途絶えた。いまだに風は強いが、矢右衛門は海上に突如、静寂が訪れた気がした。

――まさか宗兵衛の乗る小早に向かって、いきなり大筒を撃ってこぬとは思うが……。

二千石船まで二十間ほどに近づいて、小早が停まった。

盾の陰に宗兵衛が立ち、そこから二千石船に向かって呼びかける声が矢右衛門の耳にか細く聞こえてきた。

宗兵衛の呼びかけに対し、二千石船からはなんの応《いら》えもない。根気強く宗兵衛が何度も呼びかける。

しかし、二千石船は沈黙を守り続けている。

――やつらには応じる気はない。

そのことが矢右衛門には、はっきりとわかった。

「宗兵衛に戻るよう伝えよ」

矢右衛門は家臣に命じた。関船の船首に一人の水夫が立ち、大音声を発した。

その声は、四町以上も先にいる宗兵衛に届いたようだ。宗兵衛が盾の陰から動き、小早の船底に座り込んだのが見えた。櫓が動き出し、小早がこちらに戻ってくる。

——なにも仕掛けてこぬな……。

宗兵衛が無事だったことに、矢右衛門は胸をなで下ろした。後ろを振り返り、そばに立つ軍配師を手招いた。

「金八郎、江戸湊を閉ざすことに、どんな狙いがあるのか、わかるか」

「やつらは江戸に物品を入れたくないのでございましょう……」

「それでどうなるというのだ」

「江戸の者に、不自由な暮らしを強いるつもりかもしれませぬ」

「なにゆえ、そのような真似をするのだ」

強い口調で矢右衛門にきかれて、金八郎が申し訳なさそうにうつむく。

「江戸の者を、飢えさせるつもりかと……」

「なんだと」

「やつらは江戸に住む者を人質に取ったのでございましょう」

うむう、と二千石船に目をやって矢右衛門はうなった。

「いったい何者だ」

矢右衛門は歯噛みした。

すまい」

「船名もわからぬ上に、手がかりとなる旗も翻っておらぬ」

「その通りでございます。相手の狙いを知るには、賊を捕らえ、質すしかありま
金八郎が口を閉じた瞬間、再び笛の音が聞こえてきた。

――素晴らしい音色よな。

あまりの心地よい音に、矢右衛門は陶然としそうになった。

しかし、すぐさま脳裏に因幡守の顔が浮かんできて、はっ、と我に返った。その顔は怒りの色に染まっていた。

まだ役目を果たせぬわしを叱りつけたいお気持ちはわかるが、と矢右衛門は苦笑した。

――因幡守さまも、この音色を聞けば、わしと同じようにうっとりとなろう。いや、わしよりもずっとあの笛のよさがおわかりになろうな……。

これほどまでに素晴らしいものなら、自分も笛を習ってみるかという気になってくる。名手として知られるようになれば、因幡守の覚えもさらに目出度くなるのではないか。

だがあれだけの音色を出すまでに、どれほどのときがかかるものか。五年や十

年では無理であろう。

そのことに思いが至ったとき、唐突に笛の音がやんだ。矢右衛門はじっと耳を澄ましたが、二度と笛の音は聞こえてこなかった。

――こたびは、ずいぶんあっけなく終わってしまったものよ。もっともっと聞いていたかったが……。

強い風はなおも吹き渡っているが、静寂が再び海上を支配しはじめた。賊船から聞こえていた笛の音には、何物にも代えがたい魅惑の響きがあった。

――なに、笛の音などどうでもよい。

腹に力を入れ、矢右衛門は思い直した。

――今はあの賊どもを退治し、江戸湊に平穏を取り戻すことが第一だ。それ以外に考えるべきものなどない。

気を引き締めねばならない。笛の音に気を取られている場合ではなかった。

「金八郎――」

前を向いたまま、矢右衛門は呼びかけた。はっ、と答えて軍配師の金八郎が進み出る。

「賊船を攻める方策はあるか」

金八郎を振り返り、矢右衛門は問うた。

「ございます」

自信ありげに金八郎が返答する。ほう、と矢右衛門は内心で感嘆の声を上げた。

――さすがは金八郎だ。頼りになるな。

「どうすればよい」

間を置かずに矢右衛門は問うた。

「霧を利すのでございます」

「霧だと」

首をかしげて、矢右衛門は海上を見渡した。空は晴れ渡っており、霧の気配などどこにもない。風も強いままで、仮に霧が出ても吹き飛ばされてしまうだろう。

「今から半刻後、霧が出ます」

確信に満ちた声でいい、金八郎が瞳をきらりと光らせた。実際、金八郎は卜占《ぼくせん》に明るく、天気についても詳しい。

「まことに半刻後、霧が出るのか」

金八郎を疑っているわけではなく、確認するために矢右衛門はきいた。

「出ます」

矢右衛門をじっと見て、金八郎が深々とうなずいた。

「なにゆえわかる」

「風がちがってきています」

「どういうことだ」

「殿は、これまで冷たかった風が、昼を過ぎて暖かくなってきたとは思われませぬか」

「確かにその通りだ」

先ほど、風が暖かくなってきたと感じたばかりである。

「しかし、海の水は冷たいままでございます。暖かな風によって海水が温められます。こういうときに霧が出るのでございます」

海霧というのは湯気のようなものなのだな、という考えに矢右衛門は至った。

「風はどうなのだ。弱まるのか」

「はっ、霧が出はじめる頃には、おさまりましょう」

——そうか、風はやむのか……。

「しかし金八郎。まことに半刻後に霧が出るのか。濃い霧なのか」

「御意《ぎょい》。相当に濃い霧が海上を覆うものと思われます」

金八郎が深いうなずきを見せる。

「では、その霧に紛れて賊船に攻撃を仕掛ければいいというのだな」

金八郎が、はっ、と小腰をかがめた。

「霧に隠れて賊船に近づき、鉤《かぎ》つきの縄を一斉に投げます。そして一気に敵船に乗り込みます」

「うむ」

金八郎を見つめ、矢右衛門は相槌を打った。金八郎が言葉を続ける。

「ただし、我らが攻めるのは、あの二千石船だけでございます。兵を一点に集めれば、二千石船を抑え込み、奪うのはさして難しくはないでしょう。二千石船にいるはずの頭を捕らえてしまえば、あとの二艘も降伏するにちがいありませぬ」

そうかもしれぬが、と矢右衛門は思った。

「だが金八郎、大筒はどうする。放ってくるのではないか」

「霧に紛れれば、二千石船に近づいていく小早はまず気づかれぬでしょう。しかし、万が一ということもございます。二千石船の両側に千五百石船がおります。

小早は五艘ずつ二手に分かれ、二千石船の両側から回り込むように近づくようにいたします」

その金八郎の狙いはいったいなんなのか、と矢右衛門は自問した。すぐに、その答えは出た。

「両側から近づいていけば、仮に小早が賊どもに気づかれても、玉が千五百石船に当たるのを恐れて二千石船は大筒を放ってこぬといいたいのか」

「さようにございます」

にこりと笑って金八郎が矢右衛門を見る。

「それに、攻撃を仕掛ける寸前、小早は、二千石船の船首と船尾に五艘ずつ近づいていきます。千五百石船に設えた大筒が、二千石船の船首と船尾に向かって狙いをつけるのは同士打ちの危険があって、まず無理でしょう」

矢右衛門がうなずく。

「二千石船にしても、すぐそばの小早を狙って大筒の筒先を下げることなど無理かと存じます」

「確かにそうだな」

「とにかく、深い霧に紛れてしまえば、小早が気づかれることはありませぬ」

「だが深い霧に乗じて攻撃してくると、賊どもも警戒しているのではないか」

「おっしゃる通りでございましょうが、賊どもに我らの攻撃を防ぐ術はありませぬ」

その言葉の意味を、矢右衛門は考えてみた。

――攻撃を仕掛ける側がときを選べる。それは確かだ。攻撃を仕掛けられたほうは、守りに徹するしかなくなる。

金八郎のいいたいことはわかったが、それでも矢右衛門はしばらく黙っていた。正直いえば、攻撃すべきかどうか迷っている。湊を出た直後の高揚した気分は、賊船の装備を目の当たりにしたとき、とっくに霧散していた。

――果たして、我らはまことに勝てるのか。

いやな予感が胸に兆《きざ》している。

――ここは様子をみるほうがよいのではないか。

目を閉じ、矢右衛門は熟考した。すると、またしても脳裏に因幡守が出てきた。苛立《いらだ》ちをにじませてこちらを見ている。

そうか、と覚り、矢右衛門は目を開けた。

――因幡守さまは、わしが賊船を退治するのを待《ま》ち設《もう》けておられるのだな……。わしは、そのお気持ちに応えなければならぬ。こんなところで、怯《ひる》んでいるわけにはいかぬ。

ここはやるしかあるまい、と矢右衛門は決意した。そのとき、またしても賊船から笛の音が聞こえてきた。

相変わらず美しい音色よ、と矢右衛門は陶然としたが、すぐに、はっとした。

――あの笛の音はわしに攻撃してくるよう、いざなっているようではないか……。きっとそうにちがいない。

なめた真似をしおって、と矢右衛門はぎりぎりと奥歯を嚙み締めた。

賊の頭をなんとしても捕らえ、誰が笛を吹いているのかも、確かめなければならない。

八つ裂きにしてやりたいが、頭と笛の名手は生きて捕らえるよう命じられている。

――御命令の通りにしてみせよう。よし、やるぞ。やってみせる。

決断を下した瞬間、矢右衛門は、おっ、と瞠目した。白いものが、海上にちらほらとあらわれはじめたのだ。

――金八郎のいった通り、霧が出てきておるぞ。

一気に気分が高揚し、矢右衛門は体が熱くなってきた。
——これは、やはり天命だ。わしが勝てるよう、天はお膳立てをしてくれておる。
「よし、金八郎。霧が濃くなるのを待ち、賊船への攻撃をはじめよ」
張り切った声で矢右衛門は命を下した。
「承知いたしました」
うやうやしく金八郎が低頭した。緊張している面持ちには見えなかった。
金八郎の顔には、自信が漲っているように矢右衛門には思えた。
——これなら、必ずやってくれよう。
矢右衛門の期待は高まるばかりだ。一刻も早く、賊の頭をこの目で見たかった。
——だが、それももうじきだ。
金八郎という頼もしい軍配師の顔を、矢右衛門はじっくりと見た。
ますます濃くなっていく霧が、風とともに矢倉に流れ込んできた。
少し冷たさを覚えたが、ほてった矢右衛門の体には、むしろ心地よかった。

六

半刻後、霧がいっそう深くなった。十間先も見通せないほどである。

――よし、思った通りだ。

まるで綿を敷き詰めたかのような霧を目の当たりにして、金八郎は満足だった。

付近の海面は霧に埋もれており、船上にも濃い霧が漂っていた。関船の甲板を行きかう水夫の姿も、はっきりとは見えなかった。

もちろん、賊船も霧の中に消えている。頭上を仰ぎ見ると、わずかに青い空がのぞいていた。だが、あれもすぐに霧の蓋《ふた》に閉ざされそうな気がした。

――これだけの霧なら、小早が近づいていってもまず気づかれまい。

攻撃の成功を確信し、金八郎はにやりと笑《え》んだ。

――このようなときに笑えるとは、俺はずいぶんと落ち着いておるではないか……。

自分を褒めたい気分である。そばに立っている矢右衛門も、海上を漂う深い霧を眺めて満悦の体《てい》に見えた。

「こんなに深い霧はいつ以来だろうか」

腕組みをして矢右衛門がつぶやく。

「前にどこかで見たような覚えがあるが、金八郎、わかるか」

「さて、それがしにはわかりかねます」

「そうか……。まあ、よい。そのうち思い出すであろう」

矢右衛門が数歩、金八郎に近づいてきた。

「金八郎、そろそろ行くか」

矢右衛門が問うてくる。

「はっ、行ってまいります」

かしこまって金八郎は答えた。

「よし、金八郎。見事に手柄を立ててくるのだ。励め」

「はっ。賊の頭を、殿の前に引っ立ててまいります」

「笛の名手もだぞ」

「必ずや。では殿、行ってまいります」

矢右衛門に改めて告げて、金八郎はその場を離れようとした。

「金八郎」

不意に矢右衛門に呼ばれた。

「はっ、なんでございましょう」

足を止めて、金八郎は矢右衛門に向き直った。矢右衛門が不安げな顔で、金八郎を見ていた。

「殿、いかがなされましたか」

驚いて金八郎はきいた。

——なにゆえ、そのようなお顔をされるのですか。

「いや、ふとな、そなたを失いたくないと思ったのだ。金八郎、死ぬなよ」

すがりつかんばかりの表情で、矢右衛門が懇願してきた。その言葉を聞いて、金八郎は胸が熱くなった。

「はっ、肝に銘じます。賊を打ち破り、必ず無事に戻ってまいります」

元気よく答えて金八郎は、舷側から下ろされた綱を伝って小早に乗り移った。するすると小早の中を動いて、金八郎は船首に立った。霧がさらに濃くなり、矢倉からこちらを見下ろしている矢右衛門の顔が、見えにくくなっている。

——殿は、なにか物憂げなお顔をされておる。

今も、この身を案じてくれているのだろう。大丈夫です、という意味を込めて、金八郎は矢右衛門に深くうなずいてみせた。小早にいる配下たちを見回す。

「よし、行くぞ。できるだけ静かにな。急がずともよい」

金八郎は、配下たちに命を発した。いくつもの櫓が音もなく動きはじめ、小早がゆっくりと進み出した。

すぐさま金八郎は振り返って、矢倉を仰ぎ見た。すでに関船は霧の中にすっぽり隠れていた。

むろん、矢右衛門の顔など見えるはずもなかった。

——まさか、殿との今生《こんじょう》の別れにはならぬだろうな。

冗談ではない、と金八郎は思った。矢右衛門は出世欲の塊《かたまり》のような男ではあるが、金八郎には、とてもよくしてくれた。

加増を繰り返し、もともと矢右衛門の草履《ぞうり》番に過ぎなかった金八郎は、清水家中で今や八十石取りとなっている。家老の下田宗兵衛とさほど変わらない扶持《ふち》である。

ひどく貧しかった金八郎が人並みの暮らしができるようになったのは、矢右衛門のおかげである。殿になんとしても恩を返したいとの思いは、誰よりも強かった。

——しかし、ずいぶんと濃い霧だな……。

これならばまちがいなく勝てる、と金八郎は確信した。

後続しているはずの九艘の小早も、金八郎の目に入っているのは、すぐ後ろにいる一艘だけである。

一瞬、二艘目の姿が視界に入ってくることもあったが、すぐに霧の中にうずもれていく。

——さて、賊船はどこにおる。

あの場から動いていないのなら、今もここから四町半ほど先にいるはずである。

——この霧の中では、まず動いてはおらぬだろう。動けるはずもない。

下手に動けば、近くにいる千五百石船と衝突しかねない。

——もうじき賊船が見えてくるのではないか。

十艘の小早は、確実に二千石船に忍び寄っている。それを、金八郎は肌で感じていた。胸がどきどきしてきて、痛いくらいだ。

——じきに戦がはじまる。

金八郎にとっても、初めての戦いである。
——俺たちは、これまで厳しい鍛錬を繰り返してきた。必ず勝てる。
船首に立ち、金八郎は目を凝らした。まだ二千石船は見えてこない。
——まさか本当に動いたのではあるまいな。
不安に駆られ、金八郎は眉根を寄せた。
——いや、まだ俺たちは五町も進んでおらぬ。
自らに言い聞かせることで、金八郎は気持ちを落ち着かせた。
「阿武熊丸《あぶくままる》を出て、どれくらい進んだかな」
振り返った金八郎は、そばに立つ小早の船頭の松崎千九郎《まつざきせんくろう》に小声でたずねた。
阿武熊丸とは、矢右衛門が乗る関船のことである。
「じき四町というところでございましょう」
平静な声音で千九郎が答えた。まだそんなものか、と金八郎は拍子抜けした。
——二千石船が見えてくるまで、あと半町以上は進まねばならぬか……。
ますます霧は深くなってきている。体がひどく冷たく感じられた。
——霧の中は思った以上に寒いな……。
体が芯から冷えてくる感じがする。金八郎がぶるりと身を震わせた瞬間、ぬうっと巨大な船体が姿をあらわした。

——いた。

その姿を目の当たりにして、金八郎は慄然とした。すでに小早は、二千石船まで十五間ほどに迫っていた。

ここまで近づいていたのか、と金八郎は驚くしかなかった。

——さすがに大きい。

だが、すぐに冷静さを取り戻し、金八郎はさっと右手を掲げた。櫓を上げよという合図である。

櫓の動きが止まり、小早が海面をすぅーと進んでいく。

この距離まで近づいているのであれば、十艘の小早は二千石船の両舷側へと二手に分かれ、さらに船首と船尾に向かう必要はなかった。舷側に小早をつけるほうが遥かに早い。

手振りで示して、金八郎は小早に乗る兵たちの腰を上げさせた。いずれも具足《ぐそく》をまとい、陣笠《じんがさ》をかぶっている。

鉄砲を持つ者、槍を握り締めている者、矢の入った箙《えびら》を腰に下げ、弓を手にしている者。もちろん、刀を腰に差している者もいる。

この者たちが二千石船に一気に乗り込み、賊を退治するのである。

むろん、金八郎も小早に残るつもりはない。配下たちとともに二千石船に躍り込み、戦う気でいた。

後続の九艘も、金八郎が乗る小早のそばに寄ってきた。戦意に満ちた者たちの顔がうっすらと見えている。

このまま二千石船に接舷し、鉤つきの縄で一気に乗り込む。その命を金八郎は千九郎に身振りで示し、九艘の小早の船頭たちに伝えさせた。

これが成功すれば、金八郎たちの勝ちは決まりであろう。

――よし、やるぞ。

気合を自らに入れ、金八郎は二千石船を見上げた。

「あっ」

我知らず声を発していた。二千石船の舷側に盾が一杯に並べられているのに気づいたのである。

盾の上に、無数の黒い棒が見えた。あれは、と金八郎は絶句した。

――鉄砲の筒先……。

数十挺の鉄砲が金八郎たちのほうを向いていた。

——こちらの動きを読まれていた。

だが、まさかこれほどおびただしい数の鉄砲が用意されているとは、金八郎は夢にも思わなかった。

——いや、大筒を設えているのだ。鉄砲数十挺くらい備えていると考えておくべきだった。

「まずい、戻れっ」

慌てて金八郎は配下に命じた。だが、その瞬間、舷側に並んだ銃口が下を向くや、一斉に火を噴いた。ばんばーん、と雷が落ちたかのような轟音が響き渡った。

——火縄銃とは思えぬ音だ。

金八郎は目を閉じ、体をかがめていた。

どこにも痛みは感じない。玉が当たっていない証だ。

ただ、金八郎の背後にいた船頭の千九郎が、うっ、とうめいたのが知れた。見ると、ぐらりと体を揺らして、小早の舷側を乗り越えるところだった。

「千九郎っ」

叫びざま金八郎は思い切り手を伸ばしたが、間に合わなかった。千九郎はむなしく霧の海に落ちていった。どぼん、と鈍い水音が金八郎の耳に届いた。

しまった、と思ったが、もうどうにもならない。

今の一斉射撃で、他の者も玉を浴びていた。小早の中は血が飛び散り、傷を負った者が倒れ伏し、苦悶の声を上げていた。

血の臭いでむせ返りそうだ。

「撃ち返せ」

右手を振って金八郎は命じたが、その命に応ずる者はいなかった。おびただしい銃声が轟いてきたのは、またしても二千石船からである。

――やはり火縄銃ではない。

賊どもは、金八郎の知らない鉄砲を使っているのだ。

――南蛮物ではないか。大筒があるなら、南蛮の新式鉄砲があっても不思議ではない。

今度は、後方の小早が餌食《えじき》になった。さっと目をやると、乗り込んでいる者のほとんどが横たわっていた。聞こえてくるのは傷を負った者の苦しげなうめきだけだ。

「撃ち返すのだ」

声を限りに金八郎は叫んだ。すると、さらに後方にいた小早が鉄砲を放ちはじめた。

――よし、これからだ。

勇気を得て、金八郎は船首に立った。その瞬間を待っていたように、またしても大音が轟き渡った。

耳をふさぎたいくらいの音だった。金八郎は胸に強烈な衝撃を受けた。

――まさか。

知らないうちに、金八郎は小早の船底に横たわっていた。鉄砲の玉に吹き飛ばされたのである。

――やられてしまった。

だが、気持ちは以外に冷静だった。なぜか立てるような気がした。

――まだ戦える。

よっこらしょ、といって立ち上がろうとしたが、体に力が入らない。

――やはり無理か。

胸が痛みはじめた。血が流れ出て、陣羽織を茶褐色に染めている。

配下たちの顔は、一人たりとも目に入らない。この小早にいた者は、あの鉄砲で皆殺しにされてしまったのか。

おや、と思い、金八郎は耳を澄ました。遠くから鉄砲の音が響いてきた。あれは、目の前の二千石船が放っているものではない。

――あれは、どこで撃っているのだ。

横たわったまま金八郎は、はっとした。

――もしや阿武熊丸がやられているのではないだろうな。

賊どもは小舟を持っていると聞いている。こちらと同じように霧に隠れて関船に近づき、阿武熊丸に攻撃を仕掛けているのではないか。

――きっとそうだ。

殿、と金八郎は思った。

――どうか、ご無事で……。

心の底から願ったが、その祈りさえ、口にすることができなかった。

息をのんで霧を見つめていた。

すると、おびただしい鉄砲の音が聞こえてきた。

あれは配下たちの鉄砲の音ではない、と矢右衛門は思った。賊どもが放っているのだ。

鉄砲の射撃は繰り返されている。しかも、音からして火縄銃ではないように思えた。

金八郎は無事だろうか、と矢右衛門は案じた。あれほどの銃撃を先頭に立って受けているとしたら、とても無事とは思えない。もう死んでいるかもしれない。

先ほど、矢右衛門が金八郎を呼び止めたのは、その姿が儚げに見えたからだ。まるでこれから死に行く者のように思えたのである。

――やはり行かせなければよかった……。

そのとき、いきなり横合いから、ばんばーんと大きな音がして、矢右衛門は心底驚いた。濃い霧に紛れて賊の小舟がそばに寄ってきていたのだ。悲鳴や叫び声が霧をつんざくように聞こえてくる。阿武熊丸から、大勢の負傷者が出たのが知れた。

鉄砲だけでなく、賊は火矢を放ってきた。

四方から火矢を受け、阿武熊丸はあっという間に炎に包まれた。

――ああ、もうこの船は駄目だ……。

もはやあきらめるしかなかった。どうやっても阿武熊丸は救えない。配下に促されて、矢右衛門は関船から下りた。関船から下ろされた小舟が、そばに浮かんでいた。

配下の手を借りて、矢右衛門は乗り移った。

霧の中、小舟が動き出す。江戸湊に向かいつつ、矢右衛門はひたすら呆然とするしかなかった。いま自分ができることは、なにもなかった。ただ、小舟に乗っているだけだった。

――わしはもう終わりだ。

この敗戦で、船手頭を罷免《ひめん》されるだろう。しかも関船を燃やされ、大勢の配下を失った責任は重大だった。

――金八郎も、きっと死んでしまっただろう。

矢右衛門は頭をかきむしった。

――とにかく、これで出世の見込みは完全に潰《つい》えた……。

ああ、と矢右衛門は天を仰いだ。

――わしの人生は終わった。終わってしまった……。

あとはこの先、いったいなにが待っているのだろうか。

つまらない人生だろう。死んだほうがましだ、と矢右衛門は思い、がくりとうなだれた。

――霧を利すると金八郎はいっていたが、やつらも霧を隠れ蓑にしおった……。

今日の霧は、と矢右衛門は不意に思い出した。

――前に三河の海で見たものと同じだ。

三河で目にした霧も深かった。あのときは乗っていた船が別の船とぶつかり、海に放り出されて、危うく死にかけた。実際に多くの者が溺れ死んだ。

――わしが生き残ったのは、運がよかったからだ。

あのとき矢右衛門はまだ若かった。二十代だった。

――霧は嫌いだ。

小舟に揺られつつ、矢右衛門は心の底から思った。

第四章

一

流れに逆らうように、霧が大川《おおかわ》を這い上がってきた。

すでに、大川を行き来する舟の姿を覆い隠すほどの濃さになっている。

――案の定、霧が出てきたな……。

足を止め、水夫頭の猪十郎は大川が白一色に染まっていく様子を眺めた。南から吹く風がだいぶ暖かくなってきたのを、一刻ばかり前に感じ取っていたのだ。

こういうときに霧が出やすいのは、よく知っている。若い頃、気象や天象《てんしょう》について唐兵衛や船頭の泰吉に叩き込まれた。

――しかし、あの霧の中を行き来するのでは、船頭たちはさぞかし大儀であろう。

他の舟とぶつからないように、一瞬たりとも気を緩めず操らないといけない。霧の中の操船には、一筋縄ではいかない難しさがある。

川と海のちがいはあれども、同じ船乗りとして、猪十郎はそのことを熟知している。

――それにしても、ここまで濃い霧が出るとは思わなんだな。これならば、夜を待つまでもないか……。

拳を軽く握った猪十郎が再び歩きはじめようとしたとき、どん、と重みのある音が西から響いてきた。

顔を上げ、猪十郎は富士山に目をやった。山頂近くで一筋の火が噴き出し、茶色い煙が新たに噴き上がったのが見えた。青空めがけて、煙がもくもくと立ち上っていく。

噴煙の帯はいつしか向きを変え、南から北へと流れていた。伊豆国ではなく、今は甲斐国に火山灰が降っているのではあるまいか。

――今度は、甲斐で暮らす者たちに難儀が降りかかるのか……。

かわいそうに、と猪十郎は同情した。しかし、自分がしてやれることはなにもない。

――今は、おのれのなすべきことに専念すべきときだ。

手にしている風呂敷包みを握り直し、猪十郎は歩き出した。

――富士山の噴火で、俺たちの運命は一変したのだな……。

四十年前の飢饉の際、猪十郎はまだ三歳にもなっていなかった。飢えて死にかけているところを、唐兵衛に拾われたのだ。長ずるにつれ、当たり前のように廻船問屋の五十部屋で奉公をはじめた。

唐兵衛に見込まれて厳しく仕込まれ、ついには千五百石船の船頭にまで登り詰めた。

五十部屋の船頭の一人として、やり甲斐のある毎日を送っていた。それがまさかこんな仕儀になろうとは、夢にも思わなかった。

四十年前に三河国で起きた飢饉は、木曽御嶽山の噴火からはじまった。至るところに火山灰が降り積もり、農作物がとれなくなったのが発端となった。

だが、おびただしい餓死者が出たのは、御嶽山の噴火のせいではない。一人の男によって、もたらされたものだ。

今の老中首座本多因幡守こそ、災厄そのものだった。当時、三河国宝飯《ほい》郡の代官だった本多は苛政《かせい》を行い、飢えた領民たちを地獄へと追いやったのだ。

——お頭に救ってもらった俺は、本当に運がよかった。

さして苦しい思いをせずに飢えから脱することができたのである。

——だが、四十年前の三河で、お頭は数え切れないほどの死を見てこられたのだろう。四十年前の痛ましさを、今回、富士山が噴火したことで思い出されたのだ。

自身が大病に冒されたこともあって、ついに本多因幡守への復讐に出たにちがいなかった。

唐兵衛のために一つしかない命を投げ出すことに、猪十郎は一片のためらいもない。その気持ちは、偽りでもなんでもない。

本来なら、物心つく前に死んでいた命なのだ。五十部屋に奉公する他の多くの者が、唐兵衛に命を救われた。気持ちは、きっと同じだろう。

足を進めつつ、猪十郎は大川に目を投げた。霧はすでに堤を乗り越え、家並みへと押し寄せてこようとしていた。

そのさまを目の当たりにして猪十郎は、うむ、と心中でうなずいた。

——これだけの霧ならば、夜を待つこともなかろう。

今すぐ実行に移すべきだ、と猪十郎は決意した。唐兵衛も、この決断を喜んでくれるだろう。

仕掛けの頃おいは唐兵衛から一任されている。

――今頃、海上は、ここ以上に霧が濃くなっているであろう。

船手頭が多数の小早を率いて唐兵衛たちに近づこうとするだろう。

そしてこの霧に乗じて、唐兵衛たちに攻撃を仕掛けようとするはずだ。

猪十郎は海のほうへ顔を向けた。陸地をひたひたと侵《おか》していく霧のせいで、見通しはまったく利かない。大川沿いの町は、すべて霧に包まれようとしていた。

――戦いのときは近い。

いったん戦いがはじまれば、おびただしい鉄砲や砲撃の音が聞こえてくるはずだ。

――俺たちは、そのときに仕掛けるのがよかろう。

その音に気を取られて、警固する者たちの注意が逸れるに決まっている。

――ならば、急がねばならん。

風呂敷包みを手に足早に歩き続けると、猪十郎の目に一軒の茶店が見えてきた。その茶店の前も霧が立ち込めていた。

茶店の前に立ち、猪十郎は目で九人の男を捜した。奥の三つの縁台《えんだい》に、三人ずつ腰かけていた。

——もう全員、揃っているのか。早いな。やはり気が気でならんのだろうな……。

九人の男はいずれも、湯飲みを手にしながら心配そうに海のほうを見つめていた。

——なに、案ずるまでもない。

無言で猪十郎は男たちに語りかけた。

——お頭は器量人だ。船手頭など、なにほどのものがあろうか。お頭が後れを取るはずがない。敵が攻撃してきても、必ず撃退してくれよう。

猪十郎は、唐兵衛の勝利を微塵も疑っていない。一刻も早く御蔵への攻撃をはじめたくて気は急《せ》いたが、茶を一杯飲むくらいのときはあろう、と思い直した。ごめん、と茶店の者に声をかけて、猪十郎は空いている縁台に座した。風呂敷包みを横に置く。

風呂敷包みの中身は手ぬぐいである。先ほど浅草《あさくさ》の店で十枚、買ってきたのだ。

いらっしゃいませ、と看板娘とおぼしき女が笑みを浮かべて近づいてきた。

「お客さん、ご注文は」

「茶をくれるか」

「承知いたしました」

はきはきと答えた看板娘が奥に去っていく。猪十郎は配下の男たちに眼差しを注いだ。

九人みなが猪十郎に会釈してきた。うむ、と猪十郎は返した。

みなが案じ顔で、また海のほうに目を転じている。

――お頭は決して負けん。俺たちも渾身の力を振りしぼらねばならん。

猪十郎は気持ちを奮い立たせた。

「お待たせしました」

盆に湯飲みをのせて、看板娘が猪十郎に近寄ってくる。

「ありがとう」

礼を述べて茶托ごと湯飲みを受け取り、猪十郎は縁台に置いた。

「すごい霧になってきましたね」

まなこを見開いて、看板娘が大川のほうを見ている。

「本当だな」

間髪《かんはつ》を容《い》れずに猪十郎は同意した。

「江戸でも、こんなに深い霧が出るのだな」

「こんな霧、初めて見ました」

看板娘は十七、八というところだろう。

――この娘がこの歳になるまで、出なかった霧か。つまり、俺たちは天に守られているのだな。となれば、こたびの攻撃は必ず成功しよう。

手を伸ばし、猪十郎は湯飲みを手にした。

「お客さんは江戸のお方ではないようですね」

猪十郎に目を当てて、看板娘が遠慮がちにきく。

「その通りだ。三河の出でな」

猪十郎は真実を述べた。どうせ死ぬ身である。もはや偽りを口にする必要もない。

「三河から……」

「ああ、三河の宝飯郡というところだ。船で来た」

「船ですか。うらやましい。私は大川の舟のほかは、一度も乗ったことがありません」

「そのうち乗れるさ」

「そうだったらよいのですが」

首をひねって看板娘が苦笑いする。

「ごゆっくりどうぞ」

猪十郎に一礼して、看板娘が奥に戻っていった。湯飲みを傾け、猪十郎は茶を飲んだ。熱い茶は、冷えた体に心地よい。

──もしかすると、この茶が、俺が飲む最後の茶になるかもしれんな……。じっくりと味わわせてもらおう。

猪十郎に倣《なら》うかのように、他の九人も茶を喫しはじめた。

茶を飲み干した猪十郎は、茶托に湯飲みを戻した。風に吹かれて、霧が茶店の中に流れ込んでくる。猪十郎は寒さを覚えた。

面を上げると、さらに深くなった霧の中に浅草御蔵がわずかに見えた。石垣で組まれた九つの出曲輪《でぐるわ》が、大川の流れに突き出すように御蔵はつくられている。

九つの出曲輪には、長屋のような形をした蔵がいくつも建てられている。

浅草御蔵には、旗本や御家人たちに俸禄として支給される米が保管されている。猪十郎たちは、それを襲おうというのだ。

御蔵は浅草だけでなく、対岸の本所《ほんじょ》にも広大なものがあるが、そちらまではさすがに手が回らない。猪十郎としては無念だが、放っておくしかない。

最初、猪十郎たちは浅草でときを潰し、夜になるのを待つつもりだった。だが、これほどの霧が出てきたとなれば、その必要はない。

「行くぞ」

配下の男たちを見つめて、猪十郎は声をかけた。低い声だったが、男たちの耳にしっかり届いたようだ。

一斉に男たちが立ち上がる。それを見て猪十郎も縁台から腰を上げた。懐から巾着《きんちゃく》を取り出し、十人分の茶代を看板娘に払う。

「あら、皆さん、お仲間だったのですね」

意外そうな声を看板娘が発し、物問いたげに猪十郎を見る。うむ、と猪十郎は真剣な顔でうなずいた。

「気心の知れた大事な仲間だ」

「さようでしたか」

少しまぶしそうな目になった看板娘の、ありがとうございました、という声に見送られて、猪十郎たちは茶店をあとにした。

「この霧を利して、今から仕掛けるぞ」

御蔵に向かって歩きながら、猪十郎は九人に伝えた。

承知いたしました、と猪十郎のすぐ後ろを歩く梅蔵《うめぞう》が鋭い声で応じる。

足を止めずに、猪十郎は後ろを見やった。霧の中、男たちの顔が一気に引き締まったのが見て取れた。

――皆、いい顔をしているな。これなら大丈夫だ。

成功を確信した猪十郎は、浅草を突っ切る浅草御蔵前通りに出た。そこもすっぽりと霧に覆われており、視界はほとんど利かない。

繁華街ということもあって道を行きかう者は少なくないが、ほんの三間くらいまで近づかないと、行き来している者の顔や風体はわからなかった。

猪十郎たちは人と鉢合わせしないよう、慎重に歩きはじめた。札差《ふださし》たちが贔屓《ひいき》にしているという茶屋が、右手に建っていた。御蔵に勤めている者たちが暮らす長屋が、道に沿ってずっと続いている。

浅草御蔵にある三つの門のうち、一番南にある門を下の門といった。下の門の手前に御蔵奉行の役宅がある。

道の左側には、札差の店がずらりと建ち並んでいる。

ろう。

――我が世の春を謳歌《おうか》している者たちだな。いずれ鉄槌《てっつい》を下す者が出てくるだ
北に向かい、中の門の前を通り過ぎる。御蔵からは、中の役人たちが忙しそう
に働いている気配が伝わってきた。江戸の海が三艘の大船に封鎖されているとい
うのに、落ち着きはらった様子で額に汗しているようだ。

――あの者たちに罪はないが……。

蔵が燃えれば、責任を問われる者が出てくるだろう。切腹に追い込まれる者も
いるかもしれない。

さらに歩いて、猪十郎たちは上の門の前を過ぎた。御蔵の敷地が切れたところ
に右に曲がる道がある。猪十郎たちはその道を進んだ。

道の右側に御蔵を守るための石垣が続いているが、石垣を越えると、その下は
芝生が敷かれた土塁《どるい》になっていた。人通りが途切れたのを見計らい、猪十郎は右
手を振った。

「こっちだ」

猪十郎たちは素早く芝生の上に降りた。そのまま大川に出る。

目の前を大川が滔々《とうとう》と流れているが、霧に霞んでうっすらとしか見えない。

顔を下流に向けてみたが、すぐ近くにあるはずの御蔵は霧にすっぽりと埋もれていた。

ここには猪十郎たち以外、人っ子一人いない。猪十郎たちは全員が懐から油紙の包みを取り出し、地面に置いた。

油紙の包みの中身は火薬と火縄、火打ち道具、そして菜種油《なたねあぶら》の入った小さな徳利《とっくり》である。

猪十郎は手早く着物を脱いだ。下帯も取り、全裸になった。さすがに寒いが、南からの風がありがたかった。

油紙の包みの横に置いた風呂敷包みを解き、猪十郎は中の手ぬぐいを取り出した。それを一枚ずつ男たちに渡した。

「流れから上がったら、まずこれで体をしっかり拭くのだ。それまでは決して濡らさぬようにな」

「承知しました」

「ありがとうございます」

口々に礼をいって、男たちが手ぬぐいを受け取る。

かがみ込んだ猪十郎は油紙の包みと手ぬぐいを、脱いだ着物で丁寧にくるんだ。それを頭に帯でくくりつける。

風で霧がゆったりと揺れ動く中、猪十郎は配下たちを振り返った。猪十郎と同様、全員着物を帯で頭に縛りつけている。

「修練通りにやれば、必ずうまくいく。皆、自信を持て」

誰一人として不安など抱いていないかもしれんが、と思いつつ、猪十郎は配下たちを励ました。九人全員が深く顎を引く。

猪十郎は言葉を続けた。

「夜になる前に実行に移す。いいか、これからの手順を伝えるぞ」

男たちの目が猪十郎に注がれる。

「ここから、それぞれが目当てとする出曲輪まで泳いでいく。出曲輪の石垣をよじ登り、まず体を手ぬぐいでよく拭いて、着物を着るのだ。その上で、海上から聞こえてくるはずの鉄砲の音を待つ」

いったん言葉を切り、猪十郎は配下たちの顔をじっくりと見た。

「鉄砲の音が聞こえてきたら出曲輪内に忍び入り、蔵に火を付けて火薬を爆発させる。油を撒《ま》くのを忘れるな。今日は蔵米支給日ではないゆえ、札差などはおらんだろうが、俺たちの邪魔をする者は必ず出てくる。だが、それらの者を決して殺すな。気絶させて逃げるのだ」

それができるだけの鍛錬は、十分に繰り返してきた。

「蔵が燃えはじめたら、御蔵内には必ず混乱が生じる。それに乗じておのおの、下の門、中の門、上の門からさっさと退散するのだ。外で仲間を待たずともよい。集まるのは、昨夜も泊まった隠れ家だ。わかったか」

はっ、と男たちが気合のこもった声を返してきた。

「蔵がほかよりも多い八の出曲輪だけは、前もって決めたように二人でやるのだ」

どの二人が八の出曲輪に行くか、むろんすでに決定済みである。

「よし、行くぞ」

一つ息を吸った猪十郎は、先頭を切って流れに身を入れた。あまりの水の冷たさに、ううぅ、とうめき声が出そうになる。

だが、なんとか平静を装った。すぐそばで、梅蔵たちが猪十郎の様子をじっと見ている。苦しそうな顔など、できるはずがない。

――しかしこれはたまらん。

冷たさに体が侵され、しびれていくのがわかる。全身の感覚がなくなっていく。

——長くは保たんな……。

一刻も早く、目当ての出曲輪の石垣に泳ぎ着かなければならない。それに、いつ川崎沖で戦いがはじまるか、知れたものではない。

「皆、続け」

命ずるや、猪十郎は流れに身を任せるようにして泳ぎはじめた。

——そういえば、お頭も海に入ると聞いたが、大丈夫だろうか。

なにしろ、もういい歳だし、その上、大病を抱えている。

——あのお体でこの冷たい海を泳ぐのは、さぞきついであろう。

それに、善田丸から岸まで相当の距離があるはずだ。下手をすれば、泳いでいる最中に力尽きかねない。

目的を達する前に唐兵衛が海の藻屑《もくず》となるなど、猪十郎は考えたくもなかった。

——しかも、お頭はたった一人で泳ぐとおっしゃっていた……。

付き添いなどいらないと、はっきり口にしているのだ。

——本当にお頭は泳ぎ着けるのだろうか。お頭に比べればだいぶ若い俺ですら、川を下るだけで、これほどこたえるというのに……。

だがお頭のことだ、と猪十郎は思い直した。

——万全の策を取るに決まっている。

猪十郎はかたく信じた。いつしか御蔵の石垣がうっすらと見えてきた。一の出曲輪である。猪十郎は石垣を見上げつつ、さらに泳ぎ続けた。猪十郎の持ち場は、最も遠くにある九の出曲輪だ。最も長く冷たい流れに浸かっていなければならない。

上に立つ者が、いちばん難儀なところを受け持つ。これは唐兵衛の教えであり、猪十郎も忠実に守っている。

もっとも、九の出曲輪に忍び込むには、御蔵と隣接する下流の船着場のほうから行けば、ずっとたやすい。一つ堀を越えるだけで、済むのである。

しかし、船着場のあたりはたいてい大勢の者が立ち働いており、この深い霧といえども、人の目を盗むのは難しいと、猪十郎は判断したのだ。

一つ、二つ、三つ、四つと数えつつ、猪十郎は目当ての出曲輪までやってきた。

ここが本当に九の出曲輪なのか、一応、確かめる。

よし、と猪十郎はすぐに思った。この先の下流には、もう出曲輪はない。それが霧の中で確かめられた。

手を伸ばし、石垣の隙間に指をがっちりと差し込んだ。

だが大川の流れは思いのほか早く、両足が下流に持っていかれそうになった。両腕に力を入れて、なんとかこらえる。

――ここでまごまごしているわけにはいかん。

だが、まるで鎧《よろい》をつけたかのように体が重かった。それでも、両手両足に渾身の力を込めて体を持ち上げ、猪十郎は大川の流れから脱した。水がぽたぽた音を立てて、体から滴り落ちていく。

凍えるような冷たさから解き放たれて、さすがに安堵したが、今度は寒風にさらされて、さらに体温を奪われる。

――梅蔵たちは無事だろうか。

大丈夫だと信じた。全員が海の男なのだ。この程度の流れなど、苦にはすまい。

相変わらず体は重いままだが、猪十郎は滑り落ちたりしないよう注意しながら、慎重に石垣を登りはじめた。すぐに、歯の根が合わないほどの震えがきた。

——体が温まれば、きっとおさまろう。

あたりを覆う霧はまだ深く、石垣を登る猪十郎の姿をすっぽりと隠している。もしこの霧が晴れたら、大川を行き来する舟の者が、猪十郎たちを見咎《みとが》めるだろう。すぐさま御蔵の役人に報せが入り、猪十郎たちはあっけなくお縄になってしまう。

猪十郎は着実に石垣を登っていった。石垣の一番上に着き、腹這いになる。震えはまだおさまらない。同時に荒い息も静まらない。鍛え方が足りなかったか、と猪十郎は唇を嚙み締めた。

腹這ったまま御蔵の敷地を見下ろしてみたが、依然として濃い霧に包まれていて、ほとんどなにも見えない。

頭に手をやり、猪十郎は帯を外した。着物を広げて手ぬぐいを取り出す。それで体を丁寧に拭いた。下帯と着物を身につける。

たったそれだけで体が温まり、ほっと息が出た。油紙の包みを懐にしまい入れ、改めて腹這いになった。

これでいつ海上で戦いがはじまっても、慌てるような仕儀にはならない。

石垣の上に腹這ったまま、猪十郎は海のほうを見やった。静かなもので、なにも聞こえてこない。すでに震えはおさまり、息は落ち着いていた。

――手ぬぐいを買っておいてよかった。

心から思った。水気をしっかり取ったことで、体が温みを取り戻すのが早かった。

いつ戦いがはじまるのか。今度は胸がどきどきしてきた。

不意に海のほうから、どん、どん、と音が聞こえはじめた。

――よし。ついにはじまったか……。

面を傾け、猪十郎は耳を澄ました。鉄砲の音はさらに激しくなっている。

――あの音は、お頭が異国より仕入れた鉄砲だな。

この霧に乗じて善田丸に近づいてきた小早に狙いをつけて、水夫たちが容赦なく放っているようだ。

なにしろ、あの鉄砲の威力はすさまじい。火縄銃など比べものにならない。玉の形からして、ちがうのだ。

丸ではない。どんぐりのような楕円をしている。そのほうが、玉はまっすぐ飛ぶのだそうだ。

あの鉄砲を相手にしている以上、船手頭側に大勢の犠牲が出ているのは疑いようがなかった。

猪十郎には、その光景が見えるような気がした。死んでいく者は哀れだったが、それは仕方がない。清水矢右衛門という主君を持ったのが悪いのだ。

四十年前、矢右衛門も因幡守の与力として、三河国において苛政の先棒《さきぼう》を担ぐ真似をしたのだ。

唐兵衛によれば、矢右衛門は因幡守の歓心を買うために、領民からなけなしの米を年貢として奪っていったという。

――卑しいあるじに仕えた報いだ。うらむなら自分をうらめ。よし、行くぞ。

おのれに命じるや、猪十郎は石垣を伝い降りはじめた。相変わらず霧は濃く、どこからも猪十郎の姿は見えないだろう。

音を立てずに、猪十郎は敷地に降り立った。体勢を低くして、あたりの様子を身じろぎ一つせずにうかがう。

猪十郎の侵入に、気づいた者はいないようだ。誰何《すいか》の声を上げて近づいてくる者もいない。

御蔵の中は騒然としていた。やはり、海のほうから聞こえてくるおびただしい鉄砲の音を、誰もが気にしているのだろう。

よし、とうなずいて猪十郎は蔵の出入口に向かって歩きはじめた。御蔵の内部は、しっかりと頭に入っている。この霧の中でも迷わない自信があった。

このあたりだろう、と目星をつけたところで足を止め、物置らしい小屋の陰に隠れる。そこから猪十郎はあたりの気配をうかがった。

霧のせいでろくに見えないが、四間ほど離れたところに、二人の侍が立っているのが知れた。どうやら、そのあたりが蔵の出入口になっているらしい。

二人は蔵の番をしているようで、なにやら小声で話をしていた。

耳を傾けてみると、海のほうから聞こえてくる銃声について、しきりに話し合っている様子だった。聞き慣れぬ音だが、あれは鉄砲でまちがいなかろうなどと、口にしている。

——なかなかよい耳をしている。

密かに感心しつつ物置の陰を出た猪十郎は、二人の背後に回り込んだ。

一人は痩せており、もう一人は小太りだ。眼前の二人が猪十郎に気づいた気配はない。

そっと息をのんだ猪十郎は、まず左にいる小太りの侍に近づき、がら空きの首筋に手刀《てがたな》を見舞った。うう、とうめいて、侍がくずおれる。

さらに一歩、深く踏み込んだ猪十郎は、とどめの拳を小太りの侍の顎に浴びせた。がつっ、と鈍い音がし、侍が前のめりに倒れた。がしゃん、と侍の腰のあたりで蔵の鍵束が音を立てた。

痩せた侍が大きく目を見開いて猪十郎を見た。咄嗟に猪十郎は右に動き、侍の脇腹に当身《あてみ》を入れた。

うげっ、ともどすような声を出した侍が腰を折る。前に突き出た侍の顔を、猪十郎は膝で思い切り蹴り上げた。

口が切れたようで、血の筋を垂らしながら痩せた侍が地面にごろりと横たわった。それきり、ぴくりとも動かない。

腕力にものをいわせて侍を倒すなど、猪十郎にとって初めてのことだったが、思った以上にうまくいった。修練というのは大事なものなのだな、と改めて知った。

あっさりと気絶した二人を、猪十郎は見下ろした。

——こういう仕儀になったのも、おまえたちのあるじが悪いのだ……。

今の御蔵奉行は宮崎将監孝綱《みやざきしょうげんたかつな》といい、本多因幡守の寵臣だった。将監も、四十年前の三河における苛政に深く関わっている。

しゃがみ込み、猪十郎は小太りの役人の腰を探った。すぐさま鍵束が見つかった。それを手に取り、蔵の出入口に進む。

鍵を使って解錠し、力を込めて分厚い戸を開けた。中は無人で、ひんやりしていた。籾《もみ》のにおいが濃く漂っている。

暗いが、明かり取りの窓から淡い光が落ちてくる。それを頼りに、猪十郎は蔵の奥に向かった。

通路の両側には、おびただしい数の米俵が積んである。

――さすがに公儀の蔵だけのことはあるな。

三十間ほど歩いて、猪十郎は足を止めた。油紙の包みを開き、まず小さな徳利を手にした。中の油を米俵にたっぷりと撒いた。次に、火薬の粉を二つに分けて床に置く。

この火薬も、唐兵衛が異国から手に入れたものだ。かがみ込み、猪十郎は二つの火薬の上にのせたそれぞれの火縄に、火打ち道具を使って火をつけようとした。

だが、手がかじかんでおり、なかなかうまくいかない。焦るな、と自らに言い聞かせる。

思いのほか手間取ったが、なんとか二本の火縄に火をつけることができた。火縄が細い煙を上げはじめた。

――これでよい。

立ち上がって、急ぎ出入口に戻る。蔵から外に出ると、先ほどの二人はまだ横たわったままだった。冷たい地面の上で、まるで赤子のようにぐっすりと眠っているようにしか見えなかった。

――おや、もう聞こえなくなっているな。

海からの鉄砲の音が途絶えていた。唐兵衛たちの圧勝に終わったことを、猪十郎は微塵も疑っていない。

――風はお頭のほうへと吹いているようだ。この分なら、俺たちもうまくいくにちがいない。

猪十郎は、気絶している二人に目を当てた。蔵の中で火薬が爆発したら、ここにいては危険が及びかねない。

この二人を死なせるわけにはいかなかった。猪十郎は二人の侍を一人ずつ、安全な場所までずるずると引きずっていった。

二人の移動を終えて、ほっと息をつく。そのとき唐突な感じで、どーん、と遠くから轟音が聞こえてきた。

あれは、と霧に覆われている空を猪十郎は仰いだ。一の出曲輪か二の出曲輪あたりで、火薬が爆発したのだろう。

さらに爆発の音が相次いで聞こえてきた。それは全部で八回、猪十郎の耳に達した。

それぞれの出曲輪を受け持った者たちがうまくしのけたのがわかり、猪十郎は誇らしかった。自然に笑みが浮かぶ。

——俺が仕掛けた火薬も、うまく爆裂してくれたらよいが……。

その直後、どかーん、と耳を聾する音が背後から聞こえてきた。振り返ってみると、蔵の戸が一瞬にして吹き飛んだのが目に入った。

ばらばらになった木材や土くれなどが、猪十郎の足元に飛んできた。戸があったあたりから、爆風が突風のように吹き寄せてくる。それに強くあおられ、猪十郎は少しよろけた。すぐさま体勢を立て直し、蔵をじっと見る。

すると、またしても爆発の音が響き渡り、強烈な爆風が壊れた出入口から再び噴き出した。爆風は屋根のほうにも向かったようで、いくつもの瓦がはね飛んだのが、うっすらと見えた。

その大きな破片が、猪十郎のそばにいくつも落ちてきた。もしこれが一つでも頭に当たったら、死んでもおかしくない。

顔を上げると、出入口から黒い煙が這い出てくるのが見えた。

それと同時に、籾が焼けるような香ばしいにおいも漂ってきた。菜種油が効き、御蔵米が燃えはじめたのであろう。

これなら目論見通り、この蔵に蓄えてある米はすべて焼けるのではないか。

――よし、うまくいった。

猪十郎は一人、大きくうなずいた。甲高い悲鳴や悲痛な叫び声が飛びかう。なにかを命じているらしい鋭い声もする。

相次ぐ爆発で、御蔵内は一瞬で喧噪《けんそう》に包み込まれた。案の定、御蔵の役人たちは取り乱していた。

様子を見に来たのか、人の声が耳を打った。

――もはや長居はできん。

地を蹴り、猪十郎は下の門に向かって駆け出した。配下の九人も、同じように門を目指して走っているはずだ。

すぐに二人の侍とすれちがったが、猪十郎を見咎め、声をかけてくるようなことはなかった。

猪十郎は下の門に着いた。門は深い霧に煙るように建っており、そばに大勢の侍が呆然と立ち尽していた。

血相を変え、なにかを叫んでいる者も少なくない。口をわなわなと震わせ、燃え上がる蔵を指さしている者もいた。

誰もが炎と煙を上げる蔵を凝視し、猪十郎に目を向けてくる者など一人もいなかった。

なに食わぬ顔で下の門をくぐり抜け、猪十郎は御蔵をあとにした。中の門のほうに急ぎ足で向かう。

中の門の前に、仲間はいなかった。上の門のあたりにも、いないにちがいない。手はず通り、おのおの隠れ家に向かったのだろう。

――御蔵内に取り残された者はおるまい。

それを猪十郎は確信している。御蔵役人たちの茫然自失とした様子からして、連中に捕まるような間抜けはいない。

後ろを振り返り、追ってくる者がいないのを確かめた猪十郎は息をととのえ、隠れ家に向かって足早に歩きはじめた。

二

海上の霧は晴れつつあった。今は陸地のほうが濃いくらいである。同時に、風が冷たくなってきたのを唐兵衛は感じた。夕方までには間があるが、確実に初春の寒さが戻りつつあった。

垣立を握り、唐兵衛は富士山を仰ぎ見た。つい先ほどまで、噴煙の帯は北へと延びていた。だが、今はまた辰巳の方角に流れている。

——伊豆国の者たちの難儀が、再びはじまるのだな。

海上の霧が消えてきたことで、付近の風景はずいぶんとはっきり見えている。江戸の陸地も望めるようになっていた。

善田丸のそばに、船手頭の関船はもういない。多数の火矢を射かけられ、猛火に包まれながら沈没したのだ。

小早に乗っていた船手頭の配下は、唐兵衛の水夫たちの鉄砲の猛射を浴び、かなりの死者を出したはずだ。

十艘いた小早のうち四艘が鉄砲によって蜂の巣も同然にされて沈み、残りの六艘は負傷者を収容して退散した。

いま公儀の船は、近くに一艘もいない。善田丸の背後はおびただしい数の商船で埋まっていた。

どの船も江戸湊を前にして、無念そうに浮かんでいるように見えた。唐兵衛たちの封鎖を破って江戸湊を目指そうとする船は一艘もいない。

——申し訳ないが、今しばらくはそこにおってくれ。

唐兵衛が自ら江戸湊の軛《くびき》を解くのに、もうさほどときはかからない。

甲板を踏む足音が聞こえた。唐兵衛が見ると、船頭の泰吉が近づいてくるところだった。

「お頭」

すぐそばで足を止め、泰吉が凜とした声で呼びかけてきた。

「どうした」

「傷を負った者たちの手当が終わりました」

「負傷したのは、十三人だったな」

「さようにございます」

「泰吉、死者はおらぬな」

知ってはいたが、唐兵衛はあえて問うた。泰吉がうれしげに頬を緩める。

「はっ、一人もおりません」

「怪我人の中に、重い傷を負った者はいないか」

「一人もおりません。いずれも半月もすれば、治る者ばかりです」

「半月か……」

それを聞いて唐兵衛は暗澹《あんたん》とした。

――半月後には、誰も生きていないのではないか……。

江戸湊を封鎖するという挙に出る前、唐兵衛は配下たちを逃がす方策を必死に練《ね》った。

だが、公儀もその威信にかけて一人残らず捕縛しようと、地の果てまで追ってくるはずだ。必ず捕まる者は出てこよう。

一人が捕まれば、あとは芋の蔓《つる》を引くようにずるずると捕らえられてしまう。

だからこそ、唐兵衛はこの挙に参加する者すべての覚悟を事前に問うたのだ。

すると誰もが、命を捨てる気でおります、と迷いを見せずに答えたのである。

ため息をつき、唐兵衛はうつむいた。

――やはりこんな真似をすべきではなかったか……。

一人考え込んでいる唐兵衛の様子を、気がかりそうに泰吉が見ている。それに気づいて、唐兵衛は笑みを浮かべた。

「泰吉、持ち場に戻れ」

はっ、と腰をかがめて泰吉が唐兵衛の前を去ろうとした。そのとき、江戸のほうから爆鳴のような音が響いてきた。

立ち止まった泰吉が、はっとして唐兵衛を見つめる。

「今のは富士山ではないな」

「はっ。江戸のほうから聞こえました」

「猪十郎がやったのだな」

「きっとそうにちがいありません」

興奮した面持ちの泰吉が陸地を眺める。

「お頭、煙が見えます」

泰吉が弾んだ声を上げた。うむ、と唐兵衛は大きくうなずいた。

まだ深い霧に覆われているが、浅草とおぼしきあたりで、もうもうと黒い煙が上がっているのが、善田丸の船上からはっきりと見て取れた。

「大火になっているな」

「はっ。お頭が異国から仕入れた火薬が、効いているように思います」

「そのようだ」

しかし、と唐兵衛は思った。

――あの爆裂に至るまで、さぞかし大儀であったろう。猪十郎、苦労であった。

必死で浅草御蔵を爆破した猪十郎の健気《けなげ》さに、唐兵衛は涙が出そうになった。目を閉じて、それをこらえる。

――猪十郎たちは、まことに命を捨てる覚悟でいる。わしはその思いに報いるだけのことを、これまでしてやれただろうか……。

やはり死なせるには惜しい者たちだ、と唐兵衛は強く思った。だがどんなに手を尽くしても、もはや死は免れない。

「では、手前は持ち場に戻ります」

唐兵衛に向かって泰吉が辞儀する。

「そうしてくれ」

静かに歩き出した泰吉が、足早に外艫《そとども》に向かう。その姿を見送った唐兵衛は、この気持ちをなんとか静めたかった。

そのための手立ては一つしかない。懐から愛笛を取り出し、唐兵衛は唇に当てた。

息を吸い、そっと笛を吹きはじめる。風はほとんどなく、音色はすんなりと耳に入ってくる。

自らの音色に聞き惚れていると、福代の面影が脳裏に浮かんできた。

——相変わらずかわいい顔をしておる。

いつまでも歳を取らない女だった。それなのに、いつの間にか病魔に冒されていたのだ。医者にかかってから、ほんの二月《ふたつき》ほどであの世に逝《い》ってしまった。

——もっと一緒にいたかった。

もし福代が今も生きていたら、唐兵衛は江戸湊を封鎖するなどという挙には、まず出ていないだろう。

——福代はわしにとって宝物だった……。

福代は、十六歳で五十部屋に嫁《か》してきた。その祝言《しゅうげん》の際、余興として笛を吹いてみせたのだ。

名人としかいいようがなかった。あまりの素晴らしさに心の底から驚いた唐兵衛は笛を習いたい衝動に襲われ、すぐさま福代に弟子入りしたのである。

そのときに、これが最もあなたさまには馴染みやすいでしょうと、福代が手渡してきたのが龍爪《りゅうそう》である。

あれから三十四年、唐兵衛は龍爪を肌身離さず持ち歩いた。

――じき福代に会える。

それは唐兵衛にとって、大きな喜びだった。だが、多くの者を道連れに死ぬことに、あの世で福代は怒りを露わにするのではないだろうか。

――きっとそうであろう。わしも、皆を道連れにするのは忍びないのだ。福代には、あの世で謝って謝って謝り抜くしかなかろう……。

それで福代が許してくれるかどうかわからないが、ほかに唐兵衛にできることはない。

井戸に毒を入れたことも、福代は烈火の如く怒るであろう。関係のない人たちを巻き込んで、と。

あの長屋で暮らす者たちは確かに関係ないが、と唐兵衛は思った。

――長屋の持ち主は、こたびの一件と深く関係しているのだ。

毒が入れられた長屋は、いずれも比佐山五郎兵衛《ひさやまごろうひょうえ》の家作《かさく》なのである。

五郎兵衛は、もともと因幡守の家臣だった。本多家で家老をつとめていたのだ。

因幡守の寵愛を受けて旗本に取り立てられて、一家を成したのである。旗本になるやいなや長屋を買い漁り、今や十の長屋の持ち主になったのだ。

——それだけの長屋を持っているのであれば、毎月かなりの上がりを手にしているであろうな。

本来の旗本の禄だけでは満足できない欲深い男なのだ。

四十年前の三河での飢饉の際も、その性分からか、厳しい年貢の取り立てを行って多くの領民を死に追いやった。

——できれば五郎兵衛も殺したいが……。

しかも、それはさほど難儀なこととは思えないのだ。

だが、標的はただの一人でよい、と唐兵衛は考えている。

本多因幡守さえいなければ、あれだけ大勢の者が死ぬことはなかったのだ。因幡守がすべての元凶なのである。

——しかし、清水矢右衛門の家臣は大勢、死なせてしまったな……。

やりすぎたかとの思いが、唐兵衛にないわけではない。同時に、もっと早く因幡守への復讐に取りかかるべきだったとの後悔もあった。

四十年前から唐兵衛の心の中に、本多因幡守だけは許せぬという思いが渦巻いていた。

いつかわしは復讐の挙に出るにちがいない。唐兵衛の中で、そんな予感が色濃くあった。

だからこそ、いつでも実行に移せるようにと、大筒や最新の鉄砲を異国から取り寄せ、さらには異国人を招いて、水夫たちに大筒や鉄砲の鍛錬をさせたのである。

それだけでなく、唐兵衛は柔術《じゅうじゅつ》の師匠も呼び寄せ、格闘術も習わせたのだ。

さらには、四十年前に三河にいて因幡守の所業に力を貸した者たちが、今どうしているかも調べておいたのだ。

死んだ者は一人もおらず、全員が健在で、出世していた。やはり悪い者ほど図々しく長生きするな、と感じたものだ。

だが、本多因幡守への復讐がいつはじまるかなど、当の唐兵衛本人にもわからなかった。復讐など叶わず、先に唐兵衛が死んでいく見込みのほうが遥かに高かった。

——富士が噴火し、おのれの死期が近いことがわかったからこそ、わしはついに断を下せたのだ。

さらには、憎んでも憎み足りない因幡守が老中首座に登り詰めていたことも、唐兵衛を駆り立てた理由の一つである。

あの男が栄華を極めている絶頂時に引きずり下ろしてやるのがよいと、唐兵衛は思い定めたのだ。

つまり、すべてのときが重なったのだ。天が命じているのだとの思いを、唐兵衛は強く抱いたのである。

福代、と笛を奏でつつ唐兵衛は心で呼びかけた。

――もうすぐ、わしもそちらに行く。そなたの怒りはよくわかるが、どうか、わしを笑顔で迎えてくれ。

目を閉じて唐兵衛は強く願った。

三

どーん、どーん、と轟音が連続して聞こえてきた。

そのたびに、庭に面した腰高障子が小刻みに震えた。

——いったいなにがあったのだ。

文机《ふづくえ》の書類から面を上げ、曲田伊予守はすぐさま立ち上がった。

すると、またしても大音が轟いてきた。明らかに富士山の爆鳴ではない。音がまるでちがうし、方向も西からではない。

もっと近く、北東のほうから聞こえてきたように思えた。

——まさか、あれは大筒ではなかろうな。

だがそれなら、賊船のいる南のほうから聞こえてくるはずだ。

今度の轟音は、五度も続いた。そのたびに腰高障子がびりびりと音を立てた。

——まさか北東のほうにも賊があらわれ、大筒を放ったのではあるまいな。

大筒はどこを狙っているのか。まさか千代田城ということはないだろうか。

まだかすかに震えを残している腰高障子を開けて、曲田は庭がよく見える廊下に出た。

濃い霧は、町奉行所の敷地内にわだかまったままだ。曲田は肌寒さを覚えた。

濡縁《ぬれえん》に立ち、空を見上げる。霧のせいでほの暗い。

しばらくのあいだ曲田は耳を澄ましていたが、轟音は聞こえてこなかった。

——終わったのか。

なにがはじまってなにが終わったのか、なにもわからなかった。

——また悪いことが起きたのでなければよいが。いや、きっと起きたのであろうな。

顔をしかめた曲田が唇を噛んだとき、またしても轟音が響いてきた。

——終わっておらなんだか……。

これまでと同じように、北東から聞こえてきた。音は続けざまに四回、発せられたが、いずれも体を圧してくるような振動が感じられた。

——それにしても、かなり近いな。どのあたりだろうか……。

もしや、と曲田は思った。千代田城ではなく、上野《うえの》の寛永寺《かんえいじ》でなにかあったのだろうか。

あの寺は将軍家の菩提寺《ぼだいじ》である。公儀を転覆しようと目論む者の目が、向きやすいのは確かであろう。

——方角としては、寛永寺のほうに思えるが……。

不意に、横合いから慌ただしい足音が聞こえてきた。顔を向けると、廊下の角を曲がった用人の板垣墾造が、急ぎ足でやってくるところだった。

「御奉行——」

足を止め、一礼した墾造が呼びかけてきた。高ぶる感情を抑えつけているような顔をしている。

やはりよくないことが起きたのだな、と曲田は覚った。

「どうした」

冷静な声で質すと、はっ、と墾造が小腰をかがめ、なにが起きたかを語りはじめた。

「なんだとっ」

墾造の説明を聞き終えた途端、曲田は怒声を上げた。

「浅草御蔵のあたりから、幾筋も火の手が上がっているというのか」

はっ、と墾造が畏れ入ったように低頭する。

「一体なにが……。よし、墾造。まいるぞ」

胸を張り、曲田は昂然《こうぜん》と廊下を歩き出した。

「御蔵にいらっしゃるのでございますね」

「そうだ。ついてまいれ」

はっ、と墾造が答え、曲田の後ろに続く。

「馬を引け」

表玄関から庭に出るや、曲田は大音声《だいおんじよう》で命じた。轡持ちに引かれて、曲田の乗馬が霧の中から姿をあらわした。

手綱を握り、鐙《あぶみ》を踏んで曲田はひらりとまたがった。

同時に、轡持ちに手を放すように命じた。轡持ちがいわれた通りにする。曲田としてはできるだけ速く走りたかった。

「墾造、まいるぞ」

鋭い声で呼びかけ、曲田は横につくように指図した。はっ、と後ろから応《いら》えがあり、墾造が曲田に並んで走り出す。

曲田たちは大門を出た。まだ霧が深く、馬の速さを上げることはできない。町奉行が通行人をはねてしまってはいけない。

こういうときこそ、慎重に進まねばならない。そのほうが確実に早く着く。

「それがしが轡を持ちましょう」

申し出た墾造が馬の轡を握り、先導をはじめた。

「御蔵だが、先ほどの轟音からして、何者かの手によって爆裂させられたのか」

墾造が浅草のほうへと馬首を向けるのを見た曲田は、先ほどの続きを口にした。

「おそらく、火薬のようなものではないかと」

曲田をちらりと振り返って甕造が答えた。

なんと、と曲田は馬上で息をのんだ。

「火薬によって、御蔵は爆裂させられたというのか。しかし、火薬でそのような真似ができるものなのか」

頭に浮かんだ疑問を曲田はすぐさま述べた。

「鉄砲も火薬を入れすぎますと、玉を放つ際に筒が破裂することがございます。それを蔵に置き換えてみますと、こたびの爆裂もわかるような気がいたします」

むう、と曲田はうなり声を上げた。

「ならば、蔵を爆裂させるだけの火薬が使われたというのか」

「そうではないかと、それがしは勘考いたします。もし、使われたのが火薬であれば、相当の量でございましょう」

眉間を盛り上がらせて、曲田はかたく手綱を握り締めた。

「一体何者だ……」

独り言のようにつぶやいた。

――多分、賊は一人ではあるまい。

轟音が何度も聞こえてきたし、大量の火薬を持ち込むのも、人数を揃えないと無理だろう。

――この深い霧に紛れたとはいえ、御蔵の爆裂を日の高いうちにしてのけたのか。肝《きも》の据わった者どものようだな。

「賊は、なんのために御蔵を爆裂させ、火をかけたのだ」

轡を取る墾造を見つめて曲田は問うた。

「その知らせも、届いておらぬのでございますが……」

前置きをした上で墾造が話し出す。

「御蔵に蓄えられている米を焼き尽くそうと、無法な振る舞いに及んだのではないでしょうか」

「そんなことをして、一体なんになる」

「公儀の権威が地に堕ちることに……」

走りながら曲田を振り仰いで墾造が断じた。

「公儀の権威とな……」

旗本や御家人に給する米がおさめられている御蔵が爆裂され、さらにすべての蔵が焼け落ちたりしたら、公儀はもはやこれまでという風評が、巷《ちまた》に流れても不思議ではない。

だが曲田には、ただそれだけの理由で御蔵が襲われたのではないという気がしていた。

どんなわけがあって下手人どもがこれほど無謀な行いに出たのか。

――いま江戸湊を閉ざしている賊船と、関係ある者の仕業だろうか……。

そう考えないほうが、どうかしている。

――すべての船を江戸湊に入れぬようにした上で、今度は御蔵を爆裂させたか。もしや賊どもの狙いは米か……。江戸から米をなくしたいのか。

湊を閉ざしてしまえば、船で運ばれてくる米は江戸に入らない。御蔵の米を焼けば、備蓄されている米はすべて灰になる。

御蔵の米がなくなれば旗本や御家人たちは収入の道が途絶える。札差は金を貸してくれるだろうが、旗本や御家人たちの借金は増え、暮らしはさらに困窮するだろう。

湊の封鎖が長く続けば米の値は上がり、庶民の暮らしもきつくなる。いずれ飢えに苦しまなければならなくなるかもしれない。

――それが賊の狙いだろうか……。

そうかもしれぬ、と曲田は思い、顔をしかめた。むう、とまたうなりそうになった。

――なにより、死人が出ていなければよいが……。

その後は無言で、曲田は馬を走らせ続けた。

四

四半刻もかからずに、曲田たちは浅草御蔵の近くにやってきた。

その頃には、霧はきれいに晴れていた。噴煙を上げ続ける富士山の姿がくっきりと望めた。

――しかし慣れは怖いな。あの富士の姿も、この頃では当たり前のように思えてきおった。

浅草の町には、籾が焼けた香ばしいにおいが風に飛ばされることなく漂っていた。

通りにはおびただしい人数が繰り出し、大騒ぎになっていた。大勢の町人が唾を飛ばさんばかりの面持ちで、声高にしゃべり合っているのだ。

まるで祭りのようだな、と曲田はその光景を目の当たりにして思った。町人たちにとって浅草御蔵が爆破されようと、結局のところ、自分たちの暮らしにはなにも関係ないと思っているのだろう。

長く住んでいる馴染み深い町で、これまで見たこともない未曾有《みぞう》の一件が持ち上がったといっても、暮らしはまったく脅《おびや》かされないと考えているのである。

それが証拠に、曲田の目に入ってくるのは、弥次馬根性丸出しで楽しげに笑っている顔ばかりなのだ。

――それとも、公儀のことが嫌いで、こたびの一件はいい気味だとでも思っているのだろうか……。

少なくとも、庶民が公儀を好きでないのは確かであろう。

――今の老中首座の本多因幡守さまの政は、正直、人気がないゆえな。

因幡守が老中首座に就任して以来、江戸の町は景気が悪く、どこか湿った感じがするのである。

――まるで暗い幕が町中を覆っているような感じだ……。

因幡守が悪いのではないかもしれないが、江戸が不景気なのは老中首座のせいだとの思いは、民衆の心に沼底の泥のようにわだかまっているのではあるまいか。

だからこそ、今回の御蔵の惨事は庶民たちの不満を発散するのに恰好の出来事だったのだろう。

曲田たちは御蔵の下の門に向かった。その門のすぐ外側に、御蔵奉行の役宅があるのだ。

どうやら、役宅は無事のようだ。瓦の一枚くらいは飛んだかもしれないが、あるべき場所にしっかりと建っていた。

御蔵に近づくにつれ、籾の焼けたにおいに代わって火薬のにおいがしはじめた。これまでに曲田が嗅いだことのないような強烈な臭気である。

——この臭いはいったい……。

曲田には、この国で使われている火薬ではないような気がした。

——賊には、異国とのつながりがあるのではないか。

御蔵にいくつもあった蔵は、上から押し潰されたように崩れ落ちていた。無事な蔵は一つもないように見えた。

——これは、とんでもないことになった……。

曲田は声をなくした。思っていた以上の惨状である。御蔵奉行はさぞかし落胆しているだろう。

曲田は、御蔵奉行の宮崎将監には、これまで何度か会ったことがある。口がうまくて座持ちはよいが、人としての芯が通っていないような人物に感じた覚えがある。

はっとして、曲田は馬上で顔をゆがめた。

――考えてみれば、宮崎どのも因幡守さまの子飼いではなかったか。

清水矢右衛門と併せ、賊に続けざまにひどい目に遭わされた二人は、因幡守の寵愛を受けた者である。

――これは偶然か。

そんなはずがあるわけがない。となると、と曲田は考えた。

――いくつかの長屋の井戸に毒が入れられ、井戸水を飲んだ住人が倒れたとの報告が樺山よりあったが、あの出来事も因幡守さまに関係しているのだろうか。

もしや長屋は、因幡守さまの覚えがよかった者の持ち物なのだろうか。

武家の中には、屋敷の敷地内に長屋を建てさせて収入を得ている者も少なくない。だとすれば、長屋を買って自分の家作にしている者がいてもおかしくはない。

井戸に毒を入れられた長屋が誰の持ち物なのか、すぐさま調べなければならぬ、と曲田は思った。

下の門のそばで下馬し、目の前の御蔵奉行の役宅を見上げる。

そのあたりは多数の者が慌ただしく行き来していたが、それをかき分けるようにして曲田たちは玄関のほうへ進んだ。

役宅の玄関の前で用人らしい者をつかまえ、曲田は名乗った。

「これは南町奉行の曲田伊予守さま」

用人が驚きの目を向けてくる。

「将監どのにお目にかかれるか」

用人をじっと見て曲田はたずねた。用人が困ったような顔になった。

「将監どのに、是非ともお話をうかがいたいのだが」

「お話というのは、こたびの爆裂についてでございましょうか」

「その通りだ」

「さようでございますか」

用人がつぶやき、うつむいた。すぐに顔を上げ、曲田を遠慮がちに見る。

「実は、ただいま本多因幡守さまがおいでなのでございます」

「なんと」

老中首座にしては、と曲田は驚愕した。あまりに素早すぎる動きではないか。それならば、近くに本多家の家臣がいるはずだが、邸内の混乱のせいか、曲田にはわからなかった。

どこかに因幡守の乗物も置かれているはずだが、それにも気づかなかった。

「ならば、南町奉行の曲田がまいったと、因幡守さまにお取り次ぎ願えぬか」

「承知いたしましてございます」

曲田が来たと知れば、因幡守はきっと招き入れるにちがいない。

いったん姿を消した先ほどの用人が戻ってきた。

「本多因幡守さまが、曲田伊予守さまにお目にかかるとの由でございます」

かたじけない、と軽く頭を下げて曲田は式台に上がった。

「このようなときにもかかわらず、まことに申し訳ないのですが、お腰の物を預からせていただきます」

用人にいわれて、曲田は愛刀を腰から鞘ごと取り、手渡した。玄関に甕造を残し、用人の先導で廊下を進む。

曲田の愛刀をうやうやしく持った用人は、玄関から十間ほど奥の部屋の前で足を止めた。

「曲田伊予守さまがお見えになりました」

峻険《しゅんけん》な雪山が描かれた襖越しに、用人が声をかける。

「入ってもらえ」

しわがれた声がした。これは紛れもなく因幡守のものである。

はっ、と用人が答え、片膝をついて襖を開けた。

「どうぞ、お入りください」

曲田に向かって用人が一礼する。

「かたじけない」

低頭して曲田は敷居を越えた。床の間に最も近い上座に、因幡守が脇息《きょうそく》にもたれて座していた。

その向かいに宮崎将監が端座していたが、ずいぶん赤い顔をしていた。額には粒のような汗をかいている。それをしきりに手ぬぐいでぬぐっていた。

曲田の背後で襖が静かに閉まった。

――将監どのは、因幡守さまに譴責《けんせき》されていたのかもしれぬ。

公儀にとって大事な御蔵をあっさり破壊されたのは、御蔵奉行として大失態だ。

——だが、こたびの一件は、誰が御蔵奉行であろうと、未然に防ぐことなどできなかったのではあるまいか。

俺が御蔵奉行だったとしても無理であったろうな、と曲田は思った。深く辞儀して将監の横に座る。

「伊予守どの、よく来てくれた」

鈍い光をたたえた目で、因幡守がじっとみてくる。

「町奉行として当然のことでございます」

顔を転じ、曲田は将監を見やった。

「将監どの、配下の衆に怪我人は出ておられぬか」

穏やかな声で曲田はきいた。わずかに顔を動かし、将監がちらりと因幡守を見る。

因幡守は不機嫌な顔をしているだけで、将監のほうを見ようともしない。

——どうやら将監どのは、因幡守さまの信頼を失ったらしい……。

哀れな、と曲田は思った。これで宮崎は、出世はもう望めない。

それどころか、禄を削られるかもしれない。因幡守の性格からして、十分にあり得ることである。

　重たげに首を持ち上げて、将監が曲田に目を当ててきた。

「蔵の番をしていた者たちが何者かに襲われ、十人を超える怪我人が出もうした」

「番衆が襲われたのですか」

　さよう、と手ぬぐいで額をぬぐって将監が肯定した。

「深い霧に紛れて、いきなりあらわれたようなのです。不意を衝《つ》かれ、我が配下たちはあっさりとやられてしもうた」

　無念そうに将監がうなだれた。ふん、と馬鹿にしたような声を因幡守が発した。

「出たのは怪我人だけですか。死人は」

「おりませぬ。怪我人だけです」

　下を向いたまま将監が返答する。

　――それは不幸中の幸いだったな。

「将監どの、賊の顔を見た者はおりませぬか」

　頭に浮かんだ思いを曲田は口にした。

「それが……」

小さな声で応じて、将監が力なげに首を横に振った。

「霧が深かったせいで、誰も見ておりませぬ」

「さようですか」

曲田はいたわるように将監を見やった。

「将監どの、力を落とされるな」

かぶりを振った将監が、どこかうらめしげな目で因幡守を見た。

すでになんらかの処罰が将監どのに通達されたのか、と曲田は覚った。

「伊予守どの」

いきなり因幡守が口を開いた。曲田は向き直った。

「はっ、なんでございましょう」

背筋を伸ばし、曲田は因幡守に目を当てた。

「将監からは禄を取り上げることが、すでに決定したのだ」

冷たい声音で因幡守が告げた。

「えっ。禄を取り上げるとは、まさか、お取り潰しではありますまいな」

驚いて曲田は咄嗟にきいた。いくらなんでも、あまりに気の毒ではないか。

「そうではない」

瞬きのない目で曲田を見据え、因幡守があっさりと打ち消してみせた。

「御蔵奉行としてあまりに不甲斐ない始末だったゆえ、宮崎家の取り潰しも考えたが、霧の中、不意を衝かれたということを考え合わせ、禄を半減といたした」

それを聞いて将監が苦しげな表情になり、がくりと肩を落とした。歯を食いしばるような顔をしている。膝の上の手が小刻みに震えていた。

かわいそうに、とそのさまを見て曲田は先ほどと同じ思いを抱いた。

――不憫な。将監どのも富士が噴火したことで、運命を狂わされた一人だな。

「伊予守どの」

再び曲田を呼んで脇息から身を離し、因幡守が居住まいを正した。

「実は、そなたにやってもらいたいことがあるのだが、聞いてくれるか」

「はっ、なんでございましょう」

身構えるようにして曲田は問うた。いったいなにが命じられるのか。

しかし、因幡守はすぐにいおうとはしなかった。

どんな命が下されるのか、待っているあいだ、曲田にはずいぶん長く感じられた。

軽く息を吸ってから、因幡守が言葉を口にする。

「江戸湊を閉ざしている三艘の賊船、そなたに退治してほしいのだ」

なにっ、と曲田は驚愕した。

「それがしがやるのでございますか」

曲田は大きく目を見開いた。

「さよう。先ほど海の方角からおびただしい鉄砲の音が聞こえてきた。あれは船手頭である清水らが発した音ではない。敵方の鉄砲の音だ。おそらく清水らはやられてしまったはずだ。ゆえに、頼む」

――信じられぬ……。

「叡智《えいち》で知られるそなたなら、賊に勝てよう」

確信の籠もった口調で因幡守が告げた。

「しかし、それがしは海での戦いなど、まったく知りませぬ。それどころか、船についてもほとんどなにも知りませぬ」

「大丈夫だ、そなたならやれる」

どこかずる賢そうな光を瞳に宿らせて、因幡守が見つめてくる。

――なにゆえそのようなことがいえるのだ。いったい、根拠はどこにある。

「それがしには、まず船がありませぬ」

「船はこちらで用意しよう。そなたは指揮を執ればよい」

「しかし、それがしは素人《しろうと》に過ぎませぬ。船同士の戦いなど、うまくやれるとは思えませぬ……」

「なに、案ずるな」

まるで人ごとでもあるかのように、因幡守が笑いかけてきた。

「こういう非常のときは、下手な玄人《くろうと》よりもなにも知らぬ素人のほうが、功を立てることが多い。素人は、玄人なら当たり前のことにとらわれず、知恵を働かせ、工夫を凝らすからだ」

確かにそういう面はあるかもしれぬが、と思いつつ曲田は面を伏せた。どうすれば、この申し出を断れるのか。

「よいか、伊予守どの」

はっ、と曲田は顔を上げた。

「わしは賊を退治してくれるよう、そなたに請うているわけではない。これは命令なのだ。伊予守どの、よいか。必ず成し遂げるのだ」

有無をいわせぬ声と物腰である。因幡守は、威圧すれば人というのは必ず動く

と信じているようだ。

こうなれば、もはやほかに道はなさそうだ。覚悟を決めるしかなかった。

「承知いたしました」

曲田は畳の上に両手を揃えた。

「どうすれば、江戸湊の軛となっておる賊船三艘を打ち破れるか。伊予守どの、その策を考え、ただちに実行に移すのだ」

頭上から因幡守の声が降ってきた。

「はっ。心してかかります」

「伊予守――」

不意に因幡守が曲田を呼び捨てにした。

「どんな手を使っても構わぬ。繰り返すが、なんとしても、江戸湊を賊の軛から解き放つのだ」

「承知いたしました」

先ほどと同じ言葉を曲田は繰り返した。もししくじれば、と思った。

――俺は町奉行をやめさせられよう。禄も半減では済まぬかもしれぬ。いや、今はおのれのことなど、どうでもよい。

いざ賊船と戦うとなれば、配下たちを動員しなければならない。戦いになれば、まちがいなく死人が出る。

——誰も死なせたくはない……。

目を閉じ、曲田は心の底から願った。

「伊予守——」

またしても因幡守が呼びかけてきた。

「これはそなたたちにとって、戦ではないぞ」

因幡守になにをいわれているのかわからず、曲田は戸惑った。

「どういうことでございましょう」

「町奉行所に勤仕している者たちは、戦に出られる身分ではない」

「むろん存じております」

因幡守を見つめ、曲田は穏やかに答えた。犯罪に手を染めた者を捕らえるのが、町方役人の役目だ。

しかし、侍の本分は戦である。そのために、犯罪人を捕縛したり、処刑したりするのは不浄な行いと見なされ、町方役人は不浄役人と見下されている。戦人《いくさびと》ではないために、千代田城への立ち入りも許されない。

「ゆえに、戦とは本物の侍が行うものをいう。番所の捕手たちが賊船と戦うのは、戦とは呼べぬのだ」

なんと、と曲田は因幡守という人物にあきれた。

――こんな非常時でも、古式めいたことを口にするのか……。

「戦でないなら、我らがこれから行う戦いはなんでしょう」

低い声で曲田はたずねた。

「決まっておる」

因幡守がにやりと笑いかけてきた。

「捕物よ。しかも、そなたにとって一世一代の大捕物となろう」

――江戸の海は町奉行所の縄張ではないゆえ、捕物とはなりませぬ。

因幡守を見据えて曲田は言い返したかった。だが、どうせいったところで無駄であろう、と口を閉ざした。

「伊予守。すぐさま南の番所に立ち戻り、大捕物の支度をするのだ。うまくし遂げれば、出世は思いのままぞ。しかも最高の名誉を得られるのだ。江戸の者どもは、そなたを褒めそやすであろう」

その言葉を聞いた将監が口元をゆがめ、おもしろくなさそうにしているのに曲田は気づいた。

「はっ。では早速、支度に取りかかりまする」

平伏してみせたものの、曲田は心の中では本多因幡守という男をすでに見限っていた。

――この男が、庶民に人気がないのもうなずける。庶民は、会ってもいないこの男の本性を見抜いているのだな。

面を上げ、曲田は因幡守に別れを告げようとした。

そのとき因幡守の頰に黒い翳《かげ》が走った。それは一瞬で消えたから、本当に目にしたのか、曲田には自信がなかった。目の錯覚かもしれない。

――いや、見まちがいなどではあるまい。

もしや、と曲田は考えた。

――因幡守さまは、近々災禍《さいか》に見舞われるのではなかろうか。

曲田の中でそんな予感が働いた。

――しかし、悪い者ほど長生きするらしいしな……。

黒い翳が一瞬走ったからといって、それがなにを意味するのかなど、曲田にわかるはずもなかった。

「どうかしたか、伊予守」

いいえ、と曲田はかぶりを振った。

「船の支度はいつととのいましょう」

最後の問いを曲田は因幡守にぶつけた。

「今日中というのは、さすがに無理だな。明日の夕刻までには、なんとか用意できよう」

ならば、と曲田は思った。およそ一日ある。そのあいだに、策などをじっくりと練ればよいのではないか。

「では、これにて失礼いたします」

深く辞儀して、曲田は立ち上がった。襖を開け、廊下に出る。

廊下には、鼻をつく火薬のにおいが漂っていた。

足早に廊下を歩いて玄関に赴くと、先ほどの用人が式台の近くに座していた。

曲田を見るや腰を上げ、愛刀を丁寧に捧げ持つ。

かたじけないと応じて、曲田は刀を腰に帯びた。三和土《たたき》で雪駄を履き、玄関を出る。

外は、廊下とは比べものにならないほど、火薬のにおいが濃かった。むせ返りそうだ。

しかめた顔を上げ、曲田は墾造の姿を捜した。馬とともに、やや離れた立木のそばに立っていた。

墾造に向かって、曲田は足を踏み出した。お疲れさまでございました、というように馬の轡を取った墾造が深く頭を下げてくる。

うむ、とうなずきを返して、曲田は馬に乗った。ゆっくりと走り出す。

すでに日が暮れかけており、暗くなりつつあったが、相変わらず多くの者が町に繰り出していた。祭りのような喧噪はまるでおさまっていない。

この混雑の中では、馬を速く走らせるわけにはいかない。

因幡守との長話でどのような仕儀に至ったか、馬上から曲田は墾造に語った。

「なんですと」

轡を持ちつつ墾造が驚愕する。それが馬に伝わり、前足を上げかけた。曲田は素早く手綱を締めて、馬を御した。

「申し訳ありませぬ」

謝った墾造が轡を握り直す。

「では御奉行は、賊船を討滅する役目を仰せつかったのでございますか」

「そうだ。ゆえに、不慣れな船戦《ふないくさ》をしなければならぬ」

「船戦でございますか。勝つために、御奉行によいお考えはございますか」

「ないな。船戦など、したこともなければ夢想したことさえないのだ。そんな俺に、いい考えなど浮かぶはずもない」

――だが因幡守がいうように、素人だからこそ思いつく策もきっとあろう。

「でしたら、船戦をすること自体、無理なのではありませぬか」

「確かに無理だ。だがそうであろうと、老中首座に命じられた以上、やらねばならぬ。だからな、墾造。これから嶋高屋に行こうと思う」

「では霊岸島でございますね」

「左右衛門に話を聞けば、船に乗る者がなにを恐れるものなのか、そして船の弱みとはなんなのか、きっと知れよう」

なるほど、と墾造が相槌を打った。

「しかし御奉行。船の弱みといえば、嵐と火事ではありませぬか」

「ああ、その通りであろうな」

嵐はともかく火事か、と曲田はなにか示唆を得たような気持ちになった。

――やはり、賊船に火をつけるしか手はないのかもしれぬ。

だが、賊船には大筒が設えられている。それだけの備えをしている賊船に、どうすれば近づけるのか。

おびただしい数の火矢を射かけるにしても、半町程度まで近づかない限り、届かないのではないか。

――敵は三艘に過ぎぬ。多くの船で取り囲み、数で圧倒するよりほかに手はないかもしれぬ。その上で、火矢を射かければ、なんとかなるだろうか。

力攻めにすれば、相当の犠牲を覚悟しなければならない。みすみす配下たちを危険な目にあわせるわけにはいかない。

――だが老中首座に命じられては、断るわけにもいかぬ。ここは、腹をくくるしかあるまい……。

曲田が唇を噛んだとき、唐突に前途を遮《さえぎ》る二つの影があった。

「何者っ」

誰何の声を墾造が上げ、轡から手を放して腰の刀にさっと手を置いた。

「墾造、待て」

手綱を引いて曲田はすぐに押しとどめた。

「二人とも俺の知り合いだ」

「えっ、お知り合いでございますか……」

墾造が、目の前に立つ二人の男をまじまじと見る。

「この二人に会うのは、墾造は初めてか」

曲田の馬の前に立っているのは、湯瀬直之進と倉田佐之助である。

曲田は馬から下りて二人と相対し、墾造を紹介した。

「しかし、このような場所で二人に会うとは奇遇だな」

「俺たちは浅草御蔵が爆裂したと聞いて、急いで秀士館から駆けつけたのだ。そうしたら、御蔵奉行の役宅から出てくる御奉行の姿を見かけた。話を聞こうと思って、ここで足を止めさせてもらった」

曲田を見つめて、佐之助が説き明かす。

「秀士館の門人はおらぬようだな」

「近くまで連れてきている。今は聞き込みをさせておる」

「聞き込みというと」

興を引かれて曲田は問うた。

「この男を捜させておる」

懐から取り出した人相書を、佐之助が曲田に見せた。

受け取り、曲田は目を落とした。そこには見覚えのある男がいた。といっても、じかに会ったことがあるわけではない。

「この男なら、樺山から報告を受けている。これと同じ人相書を見せてもらった。長屋の井戸に毒を入れた十人の頭かもしれぬ男だな。いま樺山が必死に探索しているはずだ」

「樺山なら必ず見つけてくれると俺も信じておるが、大勢で手分けしたほうが早い。その人相書と同じ物を持たせて、門人たちに捜させておるのだ」

「倉田どの、この男を見つけたらどうする気でいる」

ききながら、曲田は人相書を差し出した。手にした佐之助がたたんで懐にしまい入れた。

「決して手出しはせず、俺たちに知らせるよう命じてある。すぐさま駆けつけて、賊どもを退治するつもりだ」

「殺すのか」

目を光らせて曲田はきいた。

「その気はない。捕らえてそちらに引き渡す」

「それはありがたい」

微笑を浮かべて曲田はうなずいた。

「ところで御奉行」

ここで初めて直之進が口を開いた。

「御蔵を爆裂させたのは、江戸湊を閉ざしている賊の仕業だと考えてよいのですか」

うむ、と曲田は首を縦に振った。

「我らもそう考えている」

「御蔵奉行の役宅で、なにかわかったことがありましたか」

「いや、正直なにもなかった。申し訳ない」

ふむ、と声を発して、佐之助が曲田を見直すようにした。

「しかし御奉行、なにか気がかりなことでもあるのか。顔色が冴えぬようだが」

うっ、と曲田は一瞬、詰まりかけた。

「さすがは倉田どのだ。相変わらず鋭いな」

曲田は苦笑するしかなかった。

「実はな……」

御蔵奉行の役宅内での顚末《てんまつ》を、曲田は余さず二人に語った。

「なに。町奉行所が、海に浮かぶ賊船の退治に出張《でば》るというのか」

さすがの佐之助も、驚きを隠せずにいる。横に立つ直之進も同様だ。

「そうだ。船戦に関して素人のわしが、賊船との戦いに臨むのだ」

「御奉行、なにか手立てはあるのか」

「今は火矢を使おうと思っている」

「火矢か……」

自らの顎に触れ、佐之助が考え込む。

「倉田どの、うまくいかぬか」

気にかかって曲田はたずねた。

「いや、そういうわけではないが……」

「しかし倉田どの。おぬしこそ、なにか気が晴れぬような顔つきをしておるぞ」

曲田の言葉を聞いて、面を上げた佐之助が苦笑いを漏らす。

「伊達に町奉行をつとめてはおらぬな。今の俺には、歯嚙みしたいほどの後悔がある」

「なにゆえだ」

間髪を容れずに曲田は問うた。

「すでに樺山から聞いているかもしれぬが、昨夜、海から舟で陸に上がってきた十人の男を泳がすような真似をせず、さっさと捕えておけば、井戸に毒を撒かれることはなかった」

佐之助は、誰かに食いつきそうな顔をしていた。

「なるほど、そういうことか……。しかし、いくら怪しいからといって、なにもしておらぬ者を捕らえるのは無理があろう」

「確かにその通りだが……」

表情を引き締め、佐之助が一歩、踏み出してきた。

「御奉行、頼みがある」

「はて、なにかな」

佐之助の願いがなにか、すでに曲田にはわかっている。

「舟で上陸した十人の男たちは、江戸湊を閉ざしておる賊船に関わりがあるはずだ。連中を捕らえるためにも、俺を船戦の一員に加えてもらえぬか」

曲田が思っていた通りの言葉を、佐之助が口にした。

「それがしもお願いいたします」

強い口調で直之進も参加を願った。

「それはもちろん……。二人のような遣い手が加わってくれるなど、願ってもないこと」

実際、曲田はうれしくて、涙が出そうな気分だ。この二人がいれば、賊船退治もなんとかなるのではないか。一条の光明が射すのを感じた。

「では御奉行、よいのだな」

念を押すように佐之助がきいてきた。

「むろんだ。かたじけない」

――まさに百万の味方を得た思いだ。

満面に笑みを浮かべて、曲田は佐之助と直之進に目を当てた。

「二人には、なにか策はあるのか」

「策というほどのものではないが、どうすれば江戸湊の軛を解き放てるか、手立てを湯瀬と話し合ってみた」

ほう、と曲田は声を出した。真剣な顔を佐之助に近づける。

「倉田どの、どんな手立てか、さっそく話してくれぬか」

期待を抱いて曲田は佐之助を見つめた。

「よかろう」

顎を深く引いて、佐之助が語りはじめた。曲田は一言たりとも聞き漏らさぬという思いで耳を傾けた。

聞き終えてすぐに腕組みをした。

「二人で冬の海を泳ぐというのか」

「まあ、そうだ。冷たかろうが、さしたる距離を泳ぐわけではない。それで御奉行、手甲鉤《てっこうかぎ》は用意できるか」

手甲鉤とは、忍びが石垣などをよじ登るのに使う忍具である。

「できると思う」

「ならば、すぐに用意してくれるか」

「承知した」

佐之助と直之進を見つめて、曲田は深くうなずいた。

五

不意に、急き立てられたような足音が聞こえてきた。

佐之助が目を向けると、門人の築田七之丞が必死の形相で、こちらに駆けてくるところだった。

――なにかあったのだな。

佐之助は察した。七之丞はすでに佐之助と直之進の姿を視界に捉えているようで、迷いのない足取りでまっすぐ進んでくる。

――もしやなにか手がかりをつかんだのか。

望みを抱いて佐之助は、土煙を上げてぐんぐんと近づいてくる七之丞を見つめた。ちらりと横に目を向けると、期待の籠もった瞳で直之進も見ている。

「倉田師範代、湯瀬師範代」

血相を変えた七之丞が、佐之助たちの前で足を止めた。暑さにやられた犬のようにぜえぜえと息は荒いが、どこかほっとした顔をしていた。

「ああ、よかった。もしこのあたりにいらっしゃらなかったら、どうしようかと思っていました」

「なにかあったのか」

鋭い口調で佐之助は質した。

「この男ですが――」

懐に手を入れ、七之丞が例の人相書を取り出した。

「今日の昼頃、この近くの手ぬぐい屋で、手ぬぐいを十枚買っていったそうです」

「そうか。よく突き止めたな」

七之丞を佐之助は褒めたたえた。

「ありがとうございます。人相書の男は、おそらく配下の人数分の手ぬぐいを買っていったのではないかと勘考いたします」

昨夜、鉄砲洲で小舟から下りた人数は、ちょうど十人だった。

「その通りだろう。手ぬぐい屋を出て、男がどこに行ったかわかるか」

「南に下っていったそうですが……」

「南か……」

佐之助は、ちらりとそちらを見た。

「いま弓太郎が行って、聞き込んでいる最中です」

「ならば、俺たちも行ってみるか」

「そういたしましょう」

七之丞が張り切った声を上げる。南町奉行所に戻るという曲田たちも、同じ方角である。佐之助たちは一緒に歩きはじめた。

「あそこに弓太郎がおります」

弾んだ声を発して、七之丞が指さす。弓太郎は一軒の茶店に入り、看板娘らしい女と熱心に話し込んでいる様子だ。

佐之助たちは茶店の前で立ち止まった。

「では、我らはここで失礼する」

曲田が佐之助と直之進に告げた。

「御奉行、番所にはいつ行けばよい」

曲田を見返して佐之助は問うた。

「明日の夕刻までに来てくれるか」

「明日の夕刻だな。承知した」

「よろしく頼む」

会釈気味に頭を下げた曲田が、馬上の人となった。轡を引かれ、馬が歩き出す。馬に揺られて曲田は遠ざかっていった。

それを見送って佐之助は茶店に入ろうとした。だが、その前に弓太郎が外に出てきた。

「あっ、倉田師範代、湯瀬師範代」

驚いたように弓太郎が瞠目した。

「なにかわかったか」

「例の人相書の男ですが、この茶店で茶を飲んでいたようです。他の九人も一緒だったそうです」

「そうか」

「そのとき、三河の宝飯郡というところから船でやってきたと人相書の男がいったそうで」

「三河の宝飯郡……」

三河国といえば、神君と呼ばれる家康公生誕の地である。ただ、宝飯郡がどこにあるかは佐之助は知らない。

――やつらは三河からやってきたのか。三河の宝飯郡から出てきた者どもが、なにゆえ江戸湊を閉ざし、浅草御蔵を爆裂させたのか。

「茶店を出てから、男たちがどこへ行ったかきいたか」

「浅草御蔵前通りを北へ向かったそうです」

ここから北というと、と佐之助は思案した。

――やつらは御蔵に向かったのだ。この茶店を集合の場所としたか。

御蔵を爆裂させたあと、十人の男はどこへ行ったのか。北か南か。それとも西か。大川を渡って東に向かったのか。

佐之助には見当がつかない。

「倉田師範代、湯瀬師範代。これからどういたしますか」

二人に交互に目を当てて七之丞がきく。どうするか、と目を閉じて佐之助は沈《ちん》思《し》した。ふとある男の顔が思い浮かんだ。

——樺山なら、どうするか。あの男のことだ。地道に聞き込んでいくであろう。そして、必ずやつらの隠れ家を見つけ出すに決まっている。いや、もう見つけたかもしれぬな。

俺たちも聞き込んでいくしかあるまい、と佐之助は思い定めた。目を開けると、七之丞が真摯《しんし》な眼差しを注いできていた。

「もう日が暮れるが、今から聞き込みをはじめる。やつらの隠れ家を見つけ出すのだ。湯瀬、弓太郎を連れて神田川沿いを西に聞き込んでいってくれ。俺は七之丞とともに、大川に沿って北へ向かう」

わかった、と直之進が答えた。

「もし俺たちが隠れ家を見つけたら、どうする。倉田たちにつなぎを取っている込むゆえ」

「そのときは湯瀬、弓太郎と一緒に踏み込め。俺たちが見つけたら、二人で踏み込むゆえ」

「わかった」

一瞬にして直之進の顔が引き締まった。弓太郎も七之丞も、覚悟の定まった顔つきになった。

「しかし倉田、なにゆえ北と西なのだ。南と東はよいのか」

「南は日本橋だが、あまりに繁華すぎて隠れ家を持つには、ふさわしくないような気がする。東は川向こうだ。本所の御蔵を襲うならよい場所かもしれぬ。だが、本所の御蔵の警固が厳重になって、襲うのはもはや無理であろう。それに、川向こうは江戸の町で動くのにいろいろと便が悪い」

少し間を置いて佐之助は言葉を続けた。

「そうはいったが湯瀬、正直にいえばただの勘だ」

「そうか、よくわかった」

西へ行く直之進たちと別れて、佐之助は七之丞を従えて北に向かった。

男の人相書を手に、佐之助たちは地道に聞き込んでいった。

浅草寺《せんそうじ》に関係している寺が多い浅草橋場《はしば》町に来たとき、ついにこれぞという話を耳にできた。

寿賀茂屋《すがもや》という煮売り酒屋のあるじに人相書を見せて話を聞いたところ、ついさっき十人ばかりで飯を食いに来たばかりだというのだ。

「まことか」

勢い込みたくなるのを抑え、佐之助は冷静な声できいた。

「ええ、あっしは嘘はつきませんよ」

「酒は飲んだか」

「あっしとしては飲んでほしかったんですが、一人も飲みませんでしたね」

そうか、と佐之助はつぶやいた。

「この男の家がどこにあるか、知っているか」

「いえ、知りませんけど、うちの裏のほうじゃないですかね」

「なにゆえそう思う」

「うちの横には路地があるんですが、ぞろぞろとその路地を行く足音が聞こえましたから」

「そうか。かたじけない」

「あの人たち、なにかしたんですか」

「それはいえぬ。忙しいところ、手を止めさせて申し訳なかった」

「いえ、別に忙しくはないんですけどね……。富士山が噴火してから、景気がよくないですからね。この世の終わりだっていう者が多くて。でも、だいぶみんな慣れて、客足も戻りつつありますがね……。しかし噴火はいつおさまるんですかねえ」

　寿賀茂屋をあとにした佐之助と七之丞は、小便臭い路地に入った。すでに日はとっぷりと暮れており、七之丞が提灯を手にしている。

「やつらの隠れ家はこの近くなんですね」

　ささやくような声音で七之丞がいい、少しだけ提灯を掲げた。

「まちがいあるまい」

　路地を抜けると、こぢんまりとした寺があった。佐之助たちは今、その寺の山門の前にいる。

「寺が隠れ家というのは考えられますか」

「十分にあるな」

心気を集中し、佐之助はあたりの気配を探った。むっ、と小さな声を上げた。

「こっちだ」

何人かがたむろしているような気配を佐之助は嗅いだ。

寺の前の道を西へ進み、二十間ほど行ったところで足を止めた。

「その家だ」

五間ほど先の左側に建つ家を、佐之助は手で示した。

「さ、さようですか」

さして大きな家ではない。平屋で、建坪は二十坪ほどではないか。

「怖いか」

小声で佐之助は七之丞にきいた。

「はい、少し」

「怖くて当然だ。別に恥じるようなことではない。今から踏み込む。おまえは俺の後ろについておれ。決して離れるな」

「わかりました」

震え声で七之丞が答えた。佐之助は刀の下げ緒で襷《たすき》掛《が》けをし、さらに股立《ももだ》ちを取った。七之丞も同じ恰好をする。

「よし、行くぞ」

戸口の前に進むや、佐之助は戸を蹴破った。がたん、と大きな音がし、戸が土間に倒れ込んだ。

佐之助は一気に踏み込んだ。土間のすぐそばの部屋に数人の男があぐらをかいていた。佐之助を見て慌てて立ち上がろうとする。その中に人相書の男がいた。刀を引き抜いた佐之助は小さく振り、男たちに軽く刃を当てていった。少しだけ怪我を負わせ、戦えなくしたのだ。

武術の心得はあるようだが、もともと素人も同然の男たちだとすぐにわかった。

佐之助は九人の男をあっさり倒した。いずれも血を流して畳に横たわり、苦しげに息をついている。

残るは人相書の男だけになった。目をぎらりと光らせた男は、道中差のような短い刀を持っている。

「やめておけ。無駄だ」

諭すようにいったが、うるさい、と男がはねつけた。えい、と気合を込めて斬りかかってきた。

佐之助には隙だらけに見えた。道中差をかわすまでもなかった。深く踏み込み、佐之助は刀を一閃させた。

がっ、と鈍い音が立った。ううっ、と男がうめき、道中差がぽとりと畳に落ちた。男が左肩を押さえ、片膝をつく。そこから血がにじみ出してきた。

「七之丞。こいつらを帯で縛り上げろ」

「承知しました」

てきぱきと動いて、七之丞が十人の男にそれぞれの帯で縛《いまし》めをした。

——これでよし。

「七之丞、自身番に走れ。湯島切通町の長屋の井戸に毒を撒いた者を捕らえたと、番所に知らせるように頼んでくれ」

「わかりました」

あっという間に七之丞が家を飛び出していった。

「きさまが頭か」

後ろ手に縛めをされ、痛みに顔を歪めている男に佐之助はきいた。

「俺ではない」

「では、誰が頭だ」

「五十部屋唐兵衛だ」

聞いたことのない名だ。

「何者だ」

語気鋭く佐之助は質した。

「三河の廻船問屋の主人だ。こたびの企てに加わったのは、すべてお頭に世話になった者たちだ。水夫がほとんどだ」

――だからこんなに弱かったのか……。

「きさまも水夫か。それにしてもよくしゃべるな」

「きかれたら、なんでも話してよいとお頭にいわれている」

「なにゆえ長屋の井戸に毒を入れたのだ」

「うらみだ」

「どんなうらみだ」

男によれば、故郷の三河の宝飯郡では四十年前に飢饉があり、誰もがひどい目に遭った。飢え死にする者も少なくなかったらしい。

そんな中、唐兵衛が私財をなげうって救ってくれた。

宝飯郡の岩品《いわしな》は幕府領だったが、当時の代官がとにかくひどかった。その代官こそが、今の老中首座の本多因幡守だという。

唐兵衛は老中首座の本多因幡守が治める江戸を混乱に陥れ、四十年前の宝飯郡と同じ目に遭わせるつもりでいるとのことだ。

――江戸に飢饉を現出させるつもりでいたのか……。

佐之助は合点がいった。

――五十部屋唐兵衛という男は、恐ろしいことを考えついたものよ。

「おい、きさま」

男を佐之助は呼んだ。

「名はなんというのだ」

「猪十郎だ」

別に隠しもせずに男が名乗った。

「きさまは、なにゆえこの家を逃げ出さなかった」

「どういうことだ」

いぶかしげな顔で猪十郎がきいた。

「どこにも逃げ出さずにこの家にいたのは、江戸でまだなにか果たさなければならぬことがあるからではないのか」

「ちがう。逃げる気がないだけだ。あくまで俺たちはお頭に殉ずるのみ」

左肩の痛みを忘れたように猪十郎が胸を張ってみせた。

六

すでに深夜の九つを回っている。

相変わらず富士山は噴煙を上げ続けており、西の空は、そこだけ陽が射したかのように明るく見えている。

――そろそろ行かねばならんな……。

唐兵衛は大きく息をついた。自分は大病に冒された身である。冬の海で体温を奪われては、その場で死んでしまう。

そのために、全身の肌という肌に鯨油をたっぷりと塗り込んだ。その上で、油紙をぐるぐると体全体に巻き付けた。

身動きはしにくくなったが、これで冷たい水に浸かっても、すぐに凍えることにはなるまいと踏んだ。

油紙に包んだ龍爪を、着物と大金の入った巾着、火打ち道具とともに風呂敷で、しっかりとくるんだ。それを頭にのせ、顎のところで帯を使ってかたく結ぶ。

そこまでしてから唐兵衛は、船頭の泰吉を呼んだ。今は下帯一枚だが、鯨油のおかげで寒さはほとんど感じない。

「もうじき、公儀の二度目の攻撃がはじまるであろう」

唐兵衛自身、その戦いで死ぬわけにはいかなかった。まだすべきことがある。

「はっ、おっしゃる通りでございます」

「泰吉、力の限り戦え」

唐兵衛は泰吉に命じた。

「よくわかっております。その覚悟もすでに定まっております」

「しかし泰吉、まことに死なずともよいのだぞ。わしに殉ずることはないのだ」

「お頭。捕まれば、手前はまちがいなく死罪になりましょう」

「確かにその通りであろうが……」

顔をしかめて唐兵衛はうなずいた。

「泰吉、今から三艘の船を操ってこの海を退去してもよいのだ。さすれば、生き延びられるかもしれん」

「そのつもりはありません」

さっぱりした顔の泰吉がかぶりを振る。

「手前はお頭と一緒にあの世にまいります」

――だが、一緒には行けんぞ。わしのほうが少し遅れよう。

不意に右の脇腹に痛みを覚えた。唐兵衛は手でそっと押さえた。

「お頭、痛みますか」

案じ顔で泰吉がきく。

「なに、大したことはない」

実際、いつもほどの痛みではない。気持ちが高ぶっているからだろうか。

「お頭、陸までだいぶありますが、そのお体でまことに泳いでいかれるのでございますか」

「そのつもりだ」

痛みが和らいできた。唐兵衛は胸をなで下ろした。

「冬の海でございます。さぞかし冷とうございましょう」

「冷たい海には慣れておる」

子供の頃から季節を問わず、唐兵衛は泳ぎ回っていた。海にもぐっては、あわびなどをとっていたのである。

「それに、備えもちゃんとしてある」

「さようでございましたな」

納得したような声を泰吉が発した。

今一度、唐兵衛は頭から風呂敷包みがずり落ちてこないのを確かめた。

「泰吉」

万感の思いを込めて唐兵衛は呼んだ。

「まことによいのか」

泰吉を見つめて唐兵衛は再びたずねた。やはり死なせたくないとの思いは強い。

「こたびの一件に、手前が命を捧げることでございますか」

「その通りだ。先ほどもいったが、おまえたちは死なずともよいのだ」

「いえ、それはちがいます」

泰吉がきっぱりと首を横に振った。

「手前は、幼い頃に五十部屋に拾われ、それからずっとお世話になってまいりました。お頭から受けた御恩は数知れず。手前には、お頭のいらっしゃらない世など考えられません。お頭とともに死にます」

「泰吉、死ぬのが怖くないか」

「怖くありません」

唐兵衛を見つめ、泰吉がはっきり答えた。

「わしは怖い。じきに福代に会えると思えば怖さが消えたりもしたが、今になって急に怖くなってきた。正直にいえば、大病を患ってから、死が日々迫ってくるのが恐ろしくて仕方がなかった」

「手前はお頭と一緒なら、怖くはありません」

「泰吉、そなたの気持ちはまことに変わらんのだな」

「変わりません」

確固たる覚悟を感じさせる返事だった。かすかに笑みを浮かべて、泰吉が言葉を続ける。

「この船に乗っている皆も、同じ気持ちだと存じます。誰もがお頭から受けた恩に報いたいという思いで一杯でしょう」

四十年前、三河を襲った飢饉の際、唐兵衛が命を救った者たちの多くが、望んで五十部屋の水夫になった。その子どもたちも、ほとんどが水夫になった。

――まだ歳若い者も多いというのに……。

死ななければならないことに、唐兵衛は涙が出そうだ。

――やはり復讐などやめておくべきだったか。やるとしても、自分一人でやればよかったか……。

「そうか」

涙をこらえつつ、唐兵衛はうつむいてつぶやいた。

「おまえの気持ちはよくわかった。水夫たちの気持ちもな……」

「ありがとうございます」

「だが、わしとしては、皆の本当の気持ちをじかに確かめておきたい。泰吉、集めてくれるか」

「承知いたしました」

泰吉の一声で、水夫たちが船上に集まった。見張りの者を残してはいるものの、水夫たちがずらりと勢揃いしているさまは、壮観としかいいようがなかった。

――ここまで立派に育った者たちなのに……。

「よいか」

穏やかな声で、唐兵衛は水夫たちに語りかけた。

「生きたい者は生きればよい。この船を去ればよいのだ。それは恥でもなんでもない」

唐兵衛はいったん言葉を止めた。身じろぎ一つせず、水夫たちは唐兵衛の言葉に聞き入っている。

「かの赤穂《あこう》浪士も、吉良《きら》屋敷に討ち入る前には義挙に加わろうとする者が百人以上もいたという。だが、義挙の当日には、皆も知っての通り、四十七人にまで減った。五十人以上の者が直前になって、義挙から外れたのだ。だからわしは、この船を退去しようとする者を責めようとは思わん。よいか、これはわしの本心だ。もう一度いう。生きたい者は生きよ。去りたい者はここから去ってもよいのだ」

口を閉じ、唐兵衛は水夫たちを見渡した。しかし、誰一人としてその場を立ち去ろうとする者はいない。

――この者たちをみんな、死なせてしまうのか……。なんのために飢饉《ききん》から救ったのか。

暗澹とした気持ちに襲われて、唐兵衛は深い息をついた。もう覚悟するしかなかった。

——復讐をはじめたわしが悪いのだ……。

「皆の気持ちは、よくわかった」

大きくうなずいて唐兵衛は水夫たちを解散させた。泰吉に向き直る。

「では泰吉、あの世で会おう」

「わかりましてございます」

むしろ泰吉は晴れ晴れとした顔をしており、それが唐兵衛にはまぶしく感じられた。

「泰吉、おぬしたちを悪者にするが、よいのだな」

「もちろんでございます。もっとも、手前もお頭を臆病者にいたしますから、お互いさまでございますな」

「その通りだ。ではまいる」

すぐさま舷側から綱を下ろさせ、それを伝って唐兵衛は海中に音もなく入った。

あたりには、いつしかおびただしい数の船が浮かんでいた。公儀が送り込んできた船の群れだが、いずれも明かりを煌々とつけている。

最も近い船でも三町ほどの距離を置いているが、その目を盗んで江戸に上陸するには、ここから泳いでいくしかない。

――皆の死を無駄にしないためにも、復讐を成就させるしかない。

さすがに海水は冷たかった。だが、凍えるほどではない。体に塗った鯨油や巻いた油紙が効いているのを、唐兵衛は実感した。

立ち泳ぎをしながら面を上げ、善田丸を仰ぎ見た。舷側に立ち、大勢の者が唐兵衛を見送っている。

――名残惜しいが……。

いつまでもここにいるわけにはいかない。唐兵衛は波を立てずに泳ぎはじめた。

目指すのは、最も近い陸地の川崎宿である。

潮の流れにうまく乗るように、唐兵衛はゆっくりと泳いだ。善田丸から川崎宿まで半里近くある。

疲れたら、海面に浮いて体を休めるだけでも十分な休養がとれることを知っている。もともと泳ぎは達者なのだ。

川崎宿を目指して唐兵衛は、真っ暗な海をひたすら泳ぎ続けた。

公儀の船のそばを過ぎるときは、さすがに緊張した。あまりに心を張り詰めすぎて、胸の発作が起きるのではないかと心配したが、なにも起きなかった。

——やはり天が見守っているのだな。

空は晴れており、星明かりで行く手はよく見えた。

一刻半近くかかって、唐兵衛はようやく岸に着いた。ぼろ雑巾のようにへとへとになり、体も冷え切っていた。

海から上がるやいなや、唐兵衛は砂浜に倒れ込んだ。荒い息がおさまらない。

ここはどこだ、と考えた。おそらく、川崎宿にほど近い浜辺であろう。

——行かねばならん。

上体を起こして首に結んだ帯を取り、頭の風呂敷包みを下ろした。着物を着るために全身に力を込めて、唐兵衛は立ち上がろうとした。だが、ふらりとよろけて尻餅をついた。

——なんと情けない。老いたものだ……。

星明かりの降る砂浜に腰を下ろしたまま、まだ無理はせんほうがよかろう、と唐兵衛は判断した。体に力が戻るのを待つのがよい。

しばらくじっとしていたら、息がおさまってきた。これならよかろう、と唐兵衛は腰を上げた。今度はすんなりと立ち上がれた。

体に巻いた油紙を取り、鯨油のついた体を手ぬぐいで拭いた。さすがに鯨油は臭い。

海水につけた手ぬぐいで、何度も体をこすった。それで、ようやく鯨油のにおいが体から消えた。着物を着て、懐に龍爪を大事にしまい入れた。

——これでよし。行くとするか。

草に覆われた細い道を行き、宿場町に出た。

唐兵衛が思っていた以上に栄えており、多くの人家が建っていた。

しかし、今から泊めてくれる旅籠はないだろう。夜はあまりに更けすぎている。

町はひっそりとして、物音はまったく聞こえない。まるで自分だけが生きているかのようだ。

——どこかで、一眠りしたいが……。

眠るとしても、暖かいところでないと、凍え死にしてしまうかもしれない。

人家のかたわらに筵《むしろ》が置いてあるのを見つけ、唐兵衛はそれを拝借した。

体の疲れを取ってから、江戸を目指したかった。明るくなれば、駕籠《かご》をつかまえることもできるはずだ。

——あそこで眠らせてもらうとするか。

道の先に、うっすらと神社の鳥居が見えている。筵を抱えて唐兵衛は歩き、鳥居をくぐった。

境内《けいだい》の左側に、神楽殿《かぐらでん》とおぼしき建物があった。そこの縁の下に入り込み、唐兵衛は筵を敷いて横たわった。

筵は少しにおったが、それは鯨油のにおいかもしれない。とにかく、横になるのはため息が出るほど楽だった。

筵を体に巻いて目を閉じると、温かさを感じた。唐兵衛は、あっという間に睡魔に絡め取られていた。


ふと気づくと、人の声が聞こえた。鳥の鳴き声もしている。

はっとして唐兵衛は目を開けた。もうだいぶ明るくなっている。神社に参拝に来たらしい者たちが、朝の挨拶をしているのが知れた。

境内の様子をうかがい、人がそばにいないのを確かめた唐兵衛は筵をそこに置いたまま神楽殿の縁の下を出た。そそくさと境内をあとにする。

川崎宿に戻り、駕籠屋を探した。

「江戸まで行ってもらえるか」

縁台に腰かけて煙管《きせる》をふかしていた二人の駕籠舁《かごかき》に、唐兵衛は頼んだ。

江戸と聞いて二人が目を輝かせる。

「酒手《さかて》は弾んでもらえますかい」

後棒《あとぼう》とおぼしき男ががらがら声できく。

「もちろんだ。小判で払ってもよいし、もし小判で使いにくいなら、もっと細かく払ってもよい」

小判は町の両替商で細かい金に両替しないと、市中の店ではほぼ使えない。その上、どこで小判を入手したか、両替商の者は根掘り葉掘りきいてくるのが常である。それを面倒くさがる者は少なくなかった。

「あの、江戸に行くのに一両払っていただけるんですかい」

今度は先棒《さきぼう》らしい男が問うてきた。

「そのつもりだ」

「えっ、まことですかい。でしたら、細かいのでお願いします」

「承知した。では、いま半金を払っておこう」

懐から巾着を取り出し、唐兵衛は細かい金で二分を支払った。

「こいつはありがてえ」

破顔して、先棒の男が二分の金を巾着にしまった。

「ではお客さん、乗ってくだせえ」

ありがとう、と礼を述べて唐兵衛は駕籠に乗り込んだ。

「とりあえず日本橋まで行ってくれるか」

「承知しました」

先棒の男が大きな声を張り上げた。同時に駕籠が持ち上がった。えっほえっほ、というかけ声とともに駕籠が動き出す。


二刻ほどで、唐兵衛の乗った駕籠は江戸にやってきた。

着いたのは日本橋の東に位置する松島《まつしま》町だ。大名家などの武家屋敷に囲まれた町で、閑静な場所といってよい。

「ありがとう、ここでいいよ」

駕籠が止まり、地面に下ろされる。唐兵衛は駕籠を降り、少し色をつけて残りの酒手を払った。

「ありがとうごぜえやす」

うれしそうに二人の駕籠舁が頭を下げる。

「旦那、またよろしくお願いします」

「こちらこそ頼むよ。乗り心地がとてもよかった」

「ではあっしらは帰ります」

「気をつけておくれ」

「ありがとうごぜえやす」

勇んで道を戻っていく駕籠を見送って、唐兵衛は一軒の家の前に立った。鍵を使って錠を開ける。頑丈な戸を開けると、少しかび臭さが感じられた。中に入るや雨戸や腰高障子をすべて開けて、風を入れた。それで少しはかび臭さが減じた。

腰高障子だけは閉め、押し入れから布団を出して敷いた。その上に唐兵衛は横になった。

二刻ばかりも駕籠に乗ってきたが、さすがに老齢と病持ちの身にはこたえた。

枕に頭を預けると、天井が目に入った。見覚えのある木目が見える。

――ここに来るのはいつ以来だろう。

ずいぶん来ていなかった。この家は、もう二十年以上も前に手に入れた。

五十部屋は廻船問屋として手広く商売をしていたが、江戸店は置かなかった。

唐兵衛は三河からしばしば江戸に出てきており、ある日、必要を感じて買ったのである。

地価の高い日本橋ということもあり、さほど広い家ではないが、居心地はかなりよい。

——すべてを忘れ、江戸でのんびり暮らすという生き方を選べなかったのか……。

それはできん、と唐兵衛は思った。

——これは運命なのだ。なんといっても、富士が噴火したのだから……。ときが来たのだ。四十年前のうらみを晴らさなければならない。

——あの男が翌年の種籾《たねもみ》まで奪うような真似をしなかったら、飢え死にする者など、出ようがなかったのだ……。

やはり本多因幡守だけは許せぬ、と唐兵衛は強く思った。

——三河で代官をしていたときにつくった財産を元手に、あの男は出世の階段を上りはじめた。

やはりこの世から除くしかない、と唐兵衛は腹を決めた。

——ここまで来たのだ。今さら引くに引けん。

起き上がり、懐から龍爪を取り出した。この笛は愛おしくてならない。優しくなでてから、唐兵衛は愛笛の手入れをはじめた。

七

御蔵が爆破された翌日の夕刻、本多因幡守から船が揃ったとの知らせが南町奉行所に届いた。

南町奉行所の配下すべてを引き連れて、曲田は霊岸島の湊に赴《おもむ》いた。その中にはむろん、佐之助と直之進もいる。

意外にも、配下たちは勇んでいた。賊船を討滅できるのは名誉なことだと口々にいったのだ。

湊には小早が二十艘、用意されていた。漕ぎ手は腕のよさそうな者が揃っていた。

本多因幡守もその場に駆けつけていた。

「そなたのために関船を用意したかったが、どこにもなかった。小早で勘弁してくれ」

「わかりました」

曲田たちは二十艘の小早に手際よく分乗した。佐之助と直之進は曲田と同じ小早に乗った。

「行くぞ」

漕ぎ手たちが一斉に櫂《かい》を動かす。小早が動き出した。

小早は速い。ぐんぐんと速さを増していく。

日がとっぷりと暮れた頃には、賊船三艘から三町のところまで来た。

「よし、俺たちは行くぞ」

船底に立ち、佐之助が勇んだ顔で宣した。直之進も力んだ顔をしている。二人は下帯一枚になっており、愛刀を背負い、手甲鉤を両肩に縛りつけていた。

「手はず通り頼む」

「わかった」

曲田は佐之助と直之進をじっと見た。

「死なんでくれ」

「こんなところで死ぬつもりなど、さらさらない。大丈夫だ」

自信ありげな顔で佐之助が請け合った。直之進も余裕のある顔つきをしている。

——命懸けの修羅場を、この二人は何度もくぐり抜けてきたと聞いている。正に歴戦の勇士ではないか。

「では、行ってまいる」

佐之助と直之進が音もなく海中に没した。すぐに姿は見えなくなった。

曲田は百を数えはじめた。

「よし、火矢と鉄砲の用意をしろ。いつでも放てるようにするのだ」

曲田は命じた。配下たちがすぐに支度にかかった。

賊船に近づいた。すでに距離は十間もない。

賊船は静かなものだ。舷側に立ってこちらを監視している者もいないように見える。

ずいぶん不用心だ、と佐之助は感じた。これにはなにか意図があるのか。考えたところでわかるわけがない。今はすべきことをやるしかない。

「よし、もぐるぞ」

佐之助が声をかけると、承知した、と直之進が返してきた。

佐之助と直之進は海中を泳ぎはじめた。

賊船の船底の下を通り抜け、反対の舷側側に出た。立ち泳ぎをしながら佐之助は肩から手甲鉤を取り、両手につけた。直之進も同じことをしている。

いきなり鉄砲の音が響き渡った。火矢を放っているらしい音も耳に届く。手はず通り、曲田が攻撃をはじめたのだ。もっとも、鉄砲も火矢も賊船には届かない距離である。

「行くぞ」

手甲鉤を船板に打ちつけて、佐之助と直之進は船を登りはじめた。手甲鉤が立てる音は鉄砲が消してくれる。体は冷たかったが、動きは鈍くない。

ただし、いつ頭上から賊にのぞき込まれるか、知れたものではなかった。鉄砲で狙われたら、おしまいである。

だが、幸いにもそんなことはなく、佐之助と直之進は垣立を乗り越えた。

こちらに背を向けて、甲板に男たちがずらりと並び、鉄砲を構えていた。事前に聞いていたが、確かに火縄銃ではないようだ。

しかし、男たちからは気迫が感じられなかった。鉄砲は、ただ構えているに過ぎないのではないか。

手甲鉤を捨て、佐之助と直之進は刀を抜いた。男たちの背後に忍び寄っていく。

男たちは全部で二十人ばかりだ。真ん中にいるのが頭の唐兵衛ではないか。一人だけ威風堂々としている。

佐之助はその男の背後に忍び寄り、刀を持ち替えるや、柄頭《つかがしら》で後頭部を思い切り殴りつけた。

がつ、と音がし、男がもんどり打って倒れた。すぐさま鉄砲を奪い、佐之助は構え、頭とおぼしき男に狙いを定めた。

「騒げばこの男を撃つ」

「鉄砲を捨てろ」

直之進が男たちに命じた。男たちは呆気にとられていたが、その言葉にすぐに従った。鉄砲が甲板の上に次々と投げ捨てられた。

——ずいぶんあっさりしたものだ……。

拍子抜けしたが、佐之助は直之進とともに男たちに縄をかけていった。

すべての男を縛りつけたところで、佐之助は大声で曲田を呼んだ。一艘の小早が動き出したのが見えた。

佐之助は、気絶させた男の背後に回り、活《かつ》を入れた。即座に男が目を覚ました。

「きさまが唐兵衛か」

語気鋭く佐之助は質した。首を回し、男が佐之助をじっと見る。

「ちがいます。手前はこの船の船頭です」

こやつは船頭だったか、と佐之助は思った。男が嘘をついているようには見えなかった。

「名は」

「泰吉といいます」

男が殊勝に答えた。そのとき直之進が、倉田、と声をかけてきた。

「小早が来たぞ」

佐之助は垣立の下をのぞき込んだ。小早が船の真下に来ていた。直之進が綱を垂らすと、曲田がすかさずよじ登ってきた。

「二人とも無事だったか」

佐之助と直之進を見つめる曲田は感激の面持ちである。

「頭の唐兵衛はどこにいる」

曲田にきかれ、佐之助はかぶりを振った。

「この船にはおらぬようだ。唐兵衛と思った者は船頭だった」

「そうなのか……。隣の船にいるのか」

すでに二艘の千五百石船も降伏していた。

しかし、唐兵衛はそちらにもいなかった。


曲田はじきじきに船頭の泰吉に会い、話を聞いた。

泰吉によれば、唐兵衛は急に怖じ気づいて船から逃げ出したという。

「まことか」

「ええ、まことです」

平然とした顔で泰吉が答えた。

「だから、船にお頭はいないのですよ」

「どこにいる」

「さあ、冬の海に飛び込んでいきましたからね。今頃は、海の藻屑となっているんじゃありませんか」

「隠れ家に心当たりはないか」

「もちろんありますよ」

あっさりと泰吉がいった。

「隠れ家はどこにある」

「日本橋の松島町ですよ。前からお頭はあの町に家を持っていました」

「松島町だな」

確か大名屋敷などに囲まれた町だ。

「よし、まいるぞ」

霊岸島に小早で戻った曲田はいったん町奉行に赴き、二十人ばかりの捕手を率いて唐兵衛の隠れ家に向かった。

捕手の中には、曲田が深い信頼を寄せている富士太郎も、むろん、加わっていた。

松島町の家はすぐに知れた。

こぢんまりとした家は静かで人がいるようには思えなかったが、曲田たちは唐兵衛が必ずいるものと信じて包囲した。

間を置くことなく曲田は捕手に命じた。

「よし、かかれ」

先頭を切って戸を蹴破ったのは富士太郎である。そのあとに、中間の珠吉と伊助が続いていく。三人の姿は、一瞬で曲田から見えなくなった。

間髪を容れずに曲田は家の中に足を踏み入れた。

「樺山」

呼ぶと奥から応えがあった。

「御奉行、こちらです」

曲田が廊下を進むと、右手の一室で一人の男が布団に寝ていた。男のそばに富士太郎たちが立っていた。町奉行所の捕手がやってきたというのに、男は慌てたような素振りを一切、見せていない。

「五十部屋唐兵衛か」

かがみ込んで曲田は男に質した。

「そうだが……」

大儀そうに起き上がり、男が曲田を見る。

たく抵抗しなかった。

「五十部屋唐兵衛、神妙にせよ」

曲田は富士太郎に命じ、唐兵衛を縛り上げさせた。そのあいだ、唐兵衛はまったく抵抗しなかった。

――よし。

かたく縛めをされた唐兵衛を見て、曲田は心中で大きく息をついた。

――捕らえたことを因幡守さまに伝えなければならぬ。

大名小路にある老中の役宅に、曲田は使者を走らせた。

――しかし、泰吉は船を一人で逃げ出したといったが、なにゆえ五十部屋唐兵衛はたった一人で、このようなところでのんびりと寝ていたのだ……。

逃げようと思えば、どこへでも逃げられたはずなのだ。

「俺は南町奉行の曲田伊予守という」

名乗って曲田は唐兵衛をじっと見た。

「あなたさまが曲田さまでございますか」

唐兵衛がしみじみと曲田を見る。いかにもほっとした顔だ。

「俺を知っているのか」

「お目にかかるのは初めてでございますが、ご高名はかねがね……」

「そうなのか……」

「ええ」

「ところで、船から逃げ出しておきながら、なにゆえこの家に留まっておるのだ」

「急に死ぬのが馬鹿らしくなってしまいまして。手前は病を患って残り少ない命。もう手のほどこしようがないのでございます。せめて人生の最後は、この笛とともに一人で生きたいと思いまして、船から逃げ出したのですよ。この家は気に入っておりましてね。人生の最期を迎えるのにはふさわしいと思いました」

――この男、骨柄《こつがら》からして配下たちをほっぽり出して逃げるような男には見えぬが……。

正直、曲田にはわけがわからなかった。

八

足音が聞こえた。ずいぶんと急《せ》いている様子だ。

――なにかよいことがあったのか。それとも、逆か。

よい目に出ろ、と因幡守は念じた。足音が部屋の前で止まった。

「殿」

襖の向こうから、小姓の岩国《いわくにまり》鞠之丞《のじょう》の声が聞こえた。

「どうした」

失礼いたします、と鞠之丞が断り、襖を開けた。鞠之丞の顔は紅潮し、瞳が輝いていた。

よいことがあったのだな、と因幡守は期待を抱いた。

「賊の頭が捕まったそうにございます」

――なんと。

自然に頬が緩んだ。うれしくてならず、因幡守はその場で飛び跳ねたかった。

――よい目に出おった。

「頭はなんという者だ」

「五十部屋唐兵衛と申します」

「五十部屋唐兵衛……とな」

脳裏の片隅にも、その名はなかった。

「その者はどこにおる」

「南町奉行所の牢屋に入っております」

「ほう、そうか。して、笛の名手も捕まえたか」

「は。その唐兵衛なる者が笛の奏者であるとのことでございます」

ほう、と因幡守はほくそ笑んだ。

――会って顔を見るとするか。

「五十部屋唐兵衛は生意気にも、殿と会わない限りなにも話さぬと申しているようでございます」

「ほう、そうか。その意気やよし。ならば、老中首座自ら詮議してやろう。まいるぞ」

「こんな遅い刻限に行かれますので」

「ああ、一刻も早く顔を見たい」

勇んだ口調でいい、因幡守は立ち上がった。馬に乗り、町奉行所に赴いた。

奉行所に着くと、曲田が出迎えた。

「伊予守どの、よくやった。さすがにわしが見込んだだけのことはある」

曲田を褒めあげてから、因幡守はさっそく五十部屋唐兵衛のことに話を向けた。

「牢屋に入れてあります」

「大牢に入れてあるのか」

「いえ、一人用の牢でございます」

「小伝馬《こでんま》町の牢屋敷にある揚《あ》がり屋《や》のようなものか」

「さようにございます」

「ならば、牢格子はついておるな」

「もちろんでございます」

「それなら安心だ。五十部屋唐兵衛に会わせてくれ」

「承知いたしました」

仮に唐兵衛になにか思惑があろうと、牢格子越しならば、我が身に危害が及ぶことはあるまいと因幡守は思った。

「五十部屋唐兵衛の笛はあるか」

因幡守は曲田にきいた。

「ございます」

懐に手を突っ込んだ曲田が布の包みを取り出した。

「これでございます」

「見せてくれ」

手にした布の袋をほどき、因幡守は笛を中から出した。

「ほう、よい笛だ」

少し重いが、吹きやすそうな笛に思えた。

「これを借りるが、よいか」

「もちろんでございます」

笛を袋に戻し、因幡守は帯に差した。

「では、五十部屋唐兵衛のところに案内してくれ」

「承知いたしました」

曲田が先導し、因幡守は町奉行所内の牢屋に向かった。

戸口の前で曲田が立ち止まった。牢番が鍵を使って解錠し、戸を開けた。掛行《かけあん》灯《どん》の光に照らされた細長い土間は、どこか不気味な感じがした。

「この中におるのか」

「さようにございます」

「よし、わし一人で入る。伊予守どのは遠慮してくれ」

「いやしかし、それでは……」

「五十部屋とやらは、わし以外とは話さぬというておるそうな。他の者がおっては、なにも話さぬのではないかな」

一礼して曲田が横にどいた。足を踏み出し、因幡守は土間を進む。背後で戸が閉まった音がした。

右側に、牢格子ががっちりと張られた牢屋があった。その中に一人の男が座していた。

因幡守は牢格子の前に立った。

「きさまが五十部屋唐兵衛か」

声をかけると、男が面を上げ、因幡守を見る。因幡守には見覚えのない顔である。

「本多因幡守か」

低い声で唐兵衛が質してきた。

「老中首座を呼び捨てか。無礼な」

「きさまなど、名を呼ぶのもけがらわしい」

「いってくれるな」

ふふ、と笑って因幡守は腕組みをした。

「なにゆえ、かような大それた真似をしたのだ」

少し身を乗り出して因幡守はきいた。

「四十年前のうらみを晴らすためだ」

「四十年前とな……」

「きさまは三河宝飯郡の代官だった」

「あのときのうらみを晴らすというのか」

「そうだ。四十年前、木曽御嶽山が噴火したために引き起こされた飢饉は、すべてきさまのせいだ。昨年末、富士が噴火したと聞いて、四十年前のうらみを晴らさねばならんとわしは決意したのだ」

怒りに満ちた顔で唐兵衛が因幡守をにらみつける。

「きさまの政はまさに苛斂誅求《かれんちゆうきゆう》という言葉そのものだった。いつか息の根を止めてやるという思いを、わしはずっと抱いていた」

「ほう、そうだったか」

「わしは大病を患い、もはや死ぬのも怖くない。一緒に死ぬといってくれる者が七十人以上いた。それで十分だ」

「長舌《ちようぜつ》はそれまでか」

うるさげに因幡守は手を払った。

「ところでおぬし、笛の上手だそうだな。わしも笛が好きでな」

「よく知っておる」

「余の前で吹いてみぬか」

「笛がない」

「持ってきた」

「わしの愛笛でないと、吹く気はない」

「そういうと思っておった」

にやりと笑って因幡守は腰に手をやった。

「おぬしの笛だ。人生の最後に奏でるのなら、愛用の笛がよかろうと思うてな」

布から笛を取り出し、因幡守は牢格子のあいだから唐兵衛に手渡した。

座り直した唐兵衛が、愛しげに笛をなでている。やがて口につけ、目を閉じた。一拍置いて吹きはじめる。

ほう、とすぐに感嘆の声が因幡守から出た。素晴らしい音色である。まさに名人としかいいようがない。

——このような音色を聞くと、殺すのが惜しくなるわ……。

もし唐兵衛に笛を教わったら、自分も格段に上達するのではないか。

不意に曲が終わった。唐兵衛は慈父のような目で笛をじっと見ている。

いきなり笛を尺八のように口にくわえ、因幡守のほうに先を向けてきた。

——なにをする気だ。

よからぬ予感が背筋を走り、因幡守は身構えた。その次の瞬間、しゅっ、と息を吹きかけるような音がした。

なにかが飛んできたのが知れたが、よける暇はなかった。

直後、因幡守は頬に痛みを感じた。なんだ、と慌てて手で触れてみると、細い針のようなものが頬に刺さっていた。

「なんだ、これは……」

「毒針だ」

静かな声で唐兵衛が告げた。

「なんだと。吹き矢が仕込んであったか……」

針を引き抜くや、因幡守は土間に投げ捨てた。

「そうだ。このときのために、吹き矢として使えるように龍爪を造り替えたのだ」

「このときのために……」

――つまり、わしはこやつにおびき寄せられたというのか……。

やられた、と因幡守は思った。それと同時に顔がしびれてきた。口がうまく動かない。首から肩へとしびれが広がっていく。やがて体が動きにくくなった。全身から力が抜けていく。

――わしは死ぬのか。こんなところで……。

「福代、済まぬ」

唐兵衛のものらしい声が聞こえた。

――こやつはなにを謝っておるのだ……。

しかし、それを質すだけの力が因幡守には残っていなかった。暗黒が目の前に覆いかぶさろうとしている。

くそう、と因幡守は毒づいたが、声になったかどうか、定かではなかった。

どうと土間に倒れ込み、因幡守はがくりと首を落とした。

わかったのはそこまでで、次の瞬間にはすべてが暗黒に包み込まれていた。

いや、そうではなかった。なにか光が射し込むように一瞬、視界が戻ったのだ。

そのときに見えたのは、自分を哀れむように見る唐兵衛の顔だった。

――くそう……。

歯嚙みしたかったが、その力すら因幡守には残っていなかった。唐兵衛の顔はすぐに闇の彼方に消えていった。


御典医が呼ばれ、因幡守の手当てに当たった。

だが、すでにとき遅しだった。因幡守は息がなかった。

――五十部屋唐兵衛の狙いは、因幡守の命だったのか……。

すべては富士山の噴火がもたらしたものだ、と曲田は思った。

大きな自然災害など天変地異が立て続けに起きると、この国では人心や政の一新を画して、改元がたびたび行われてきた。

富士が噴火したことで、こたびも改元があるかもしれない。

どんな元号になるのか、本多因幡守がこの世を去った今、曲田は楽しみですらあった。

この作品は双葉文庫のために書き下ろされました。

双葉文庫

す-08-46

口入屋用心棒《くちいれやようじんぼう》
江戸《えど》湊《みなと》の軛《くびき》

2020年4月19日　第1刷発行

【著者】
鈴木英治《すずきえいじ》

【発行者】
箕浦克史
【発行所】
株式会社双葉社
〒162-8540 東京都新宿区東五軒町3番28号
［電話］03-5261-4818(営業)　03-5261-4833(編集)
www.futabasha.co.jp
(双葉社の書籍・コミックが買えます)
【印刷所】
中央精版印刷株式会社
【製本所】
中央精版印刷株式会社

【表紙・扉絵】南伸坊
【フォーマット・デザイン】日下潤一
【フォーマットデジタル印字】飯塚隆士

落丁・乱丁の場合は送料双葉社負担でお取り替えいたします。
「製作部」宛にお送りください。
ただし、古書店で購入したものについてはお取り替えできません。
［電話］03-5261-4822(製作部)

ISBN978-4-575-66994-7 C0193
Printed in Japan

秋山香乃
からくり文左 江戸夢奇談
風冴ゆる
長編時代小説
〈書き下ろし〉
入れ歯職人の桜屋文左は、からくり師としても類まれな才能を持つ。その文左が、八百八町を震撼させる難事件に直面する。シリーズ第一弾。

秋山香乃
からくり文左 江戸夢奇談
黄昏に泣く
長編時代小説
〈書き下ろし〉
文左の剣術の師にあたる徳兵衛が失踪した日の夕刻、文左と同じ町内に住む大工が、酷い姿で堀に浮かぶ。シリーズ第二弾。

井原忠政
三河雑兵心得
足軽仁義
戦国時代小説
〈書き下ろし〉
苦労人、家康の天下統一の陰で、もっと苦労した男たちがいた！ 村を飛び出した十七歳の茂兵衛は松平家康に仕えることになるが……。

井原忠政
三河雑兵心得
旗指足軽仁義
戦国時代小説
〈書き下ろし〉
三河を平定し、戦国大名としての地歩を固めた家康。猛将・本多忠勝の麾下で修羅場をくぐる茂兵衛は武士として成長していく。

岡田秀文
足利兄弟
長編歴史小説
室町幕府を興した足利尊氏。絶大なカリスマ性を誇る巨人には聡明な弟がいた。乱世を駆け抜けた兄弟の絆と軋轢を描く歴史巨編。

鈴木英治
口入屋用心棒1
逃げ水の坂
長編時代小説
〈書き下ろし〉
仔細あって木刀しか遣わない浪人、湯瀬直之進は、江戸小日向の口入屋・米田屋光右衛門の用心棒として雇われる。好評シリーズ第一弾。

鈴木英治
口入屋用心棒2
匂い袋の宵
長編時代小説
〈書き下ろし〉
湯瀬直之進が口入屋の米田屋光右衛門から請けた仕事は、元旗本の将棋の相手をすることだったが……。好評シリーズ第二弾。

鈴木英治
口入屋用心棒3
鹿威《ししおど》しの夢
長編時代小説〈書き下ろし〉
探し当てた妻千勢から出奔の理由を知らされた直之進は、事件の鍵を握る殺し屋、倉田佐之助の行方を追うが……。好評シリーズ第三弾。

鈴木英治
口入屋用心棒4
夕焼けの甍《いらか》
長編時代小説〈書き下ろし〉
佐之助の行方を追う直之進は、事件の背景にある藩内の勢力争いの真相を探る。折りしも沼里城主が危篤に陥り……。好評シリーズ第四弾。

鈴木英治
口入屋用心棒5
春風《はるかぜ》の太刀
長編時代小説〈書き下ろし〉
深手を負った直之進の傷もようやく癒えはじめた折りも折り、米田屋の長女おあきの亭主甚八が事件に巻き込まれる。好評シリーズ第五弾。

鈴木英治
口入屋用心棒6
仇討ちの朝
長編時代小説〈書き下ろし〉
倅の祥吉を連れておあきが実家の米田屋に戻った。そんな最中、千勢が勤める料亭・料永に不吉な影が忍び寄る。好評シリーズ第六弾。

鈴木英治
口入屋用心棒7
野良犬の夏
長編時代小説〈書き下ろし〉
湯瀬直之進は米の安売りの黒幕・島丘伸之丞を追う的場屋登兵衛の用心棒として、田端の別邸に泊まり込むが……。好評シリーズ第七弾。

鈴木英治
口入屋用心棒8
手向けの花
長編時代小説〈書き下ろし〉
殺し屋・土崎周蔵の手にかかり斬殺された中西道場一門の無念をはらすため、湯瀬直之進は復讐を誓う……。好評シリーズ第八弾。

鈴木英治
口入屋用心棒9
赤富士の空
長編時代小説〈書き下ろし〉
人殺しの廉で南町奉行所定廻り同心・樺山富士太郎が捕縛された。直之進と中間の珠吉は事の真相を探ろうと動き出す。好評シリーズ第九弾。

鈴木英治

口入屋用心棒24 緋《ひ》木瓜《ぼけ》の仇《あだ》

長編時代小説〈書き下ろし〉

徐々に体力が回復し、時々出歩くようになった米田屋光右衛門。そんな折り、直之進のもとに光右衛門が根岸の道場で倒れたとの知らせが！

鈴木英治

口入屋用心棒25 守り刀の声

長編時代小説〈書き下ろし〉

老中首座にして腐米騒動の首謀者であった堀田正朝。取り潰しとなった堀田家の残党に盟友和四郎を殺された湯瀬直之進は復讐を誓う。

鈴木英治

口入屋用心棒26 兜《かぶと》割《わ》りの影

長編時代小説〈書き下ろし〉

江戸市中で幕府勘定方役人が殺された。その惨殺死体を目の当たりにし、相当な手練による犯行と踏んだ湯瀬直之進は探索を開始する。

鈴木英治

口入屋用心棒27 判《はん》じ物《もの》の主《ぬし》

長編時代小説〈書き下ろし〉

呉服商の船越屋岐助から日本橋の料亭に呼び出された湯瀬直之進は、料亭のそばで事切れていた岐助を発見する。シリーズ第二十七弾。

鈴木英治

口入屋用心棒28 遺言状の願《ねがい》

長編時代小説〈書き下ろし〉

遺言に従い、光右衛門の故郷常陸国・鹿島に旅立った湯瀬直之進とおきく夫婦。そこで、思いもよらぬ光右衛門の過去を知らされる。

鈴木英治

口入屋用心棒29 九《く》層倍《そうばい》の怨《うらみ》

長編時代小説〈書き下ろし〉

八十吉殺しの探索に行き詰まる樺山富士太郎。湯瀬直之進が手助けを始めた矢先、掏摸に遭った薬種問屋古笹屋と再会し用心棒を頼まれる。

鈴木英治

口入屋用心棒30 目《め》利《き》きの難《なん》

長編時代小説〈書き下ろし〉

江都一の通人、佐賀大左衛門の元に三振りの刀が持ち込まれた。目利きを依頼された大左衛門だったが、その刀が元で災難に見舞われる。

鈴木英治
口入屋用心棒31
徒《かち》目付の指
長編時代小説〈書き下ろし〉

護国寺参りの帰り、小日向東古川町を通りかかった南町同心樺山富士太郎は、頭巾の侍に直之進の亡骸が見つかったと声をかけられ……。

鈴木英治
口入屋用心棒32
三人田《さんにんだ》の怪
長編時代小説〈書き下ろし〉

かつて駿州沼里で同じ道場に通っていた鎌幸に用心棒を依頼された直之進。名刀の贋作売買を生業とする鎌幸の命を狙うのは一体誰なのか？

鈴木英治
口入屋用心棒33
傀儡子《くぐつし》の糸
長編時代小説〈書き下ろし〉

名刀〝三人田〟を所有する鎌幸が姿を消した。湯瀬直之進はその行方を追い始めるが、そんな中、南町奉行所同心の亡骸が発見され……。

鈴木英治
口入屋用心棒34
痴《し》れ者《もの》の果《はて》
長編時代小説〈書き下ろし〉

南町同心樺山富士太郎を護衛していた平川琢ノ介が倒れ、見舞いに駆けつけた湯瀬直之進。だがその様子を不審な男二人が見張っていた。

鈴木英治
口入屋用心棒35
木乃伊《ミイラ》の気
長編時代小説〈書き下ろし〉

湯瀬直之進が突如黒覆面の男に襲われた。さらに秀士館の敷地内から木乃伊が発見される。だがその直後、今度は白骨死体が見つかり……。

鈴木英治
口入屋用心棒36
天下流の友
長編時代小説〈書き下ろし〉

上野寛永寺で、御上覧試合が催されることとなった。駿州沼里家の代表に選ばれた湯瀬直之進の前に、尾張柳生の遣い手が立ちはだかる！

鈴木英治
口入屋用心棒37
御上覧《ごじょうらん》の誉《ほまれ》
長編時代小説〈書き下ろし〉

御上覧試合を目前に控え、負傷した右腕が癒えぬままの湯瀬直之進。主家と秀士館の期待を一身に背負い、剣豪が集う寛永寺へと向かう！

鈴木英治
口入屋用心棒38
武者鼠《むささび》の爪
長編時代小説〈書き下ろし〉
品川に行ったまま半月以上帰らない雄哲の行方を捜すため、直之進ら秀士館の面々は探索を開始する。だがその姿は、意外な場所にあった。

鈴木英治
口入屋用心棒39
隠し湯の効《こう》
長編時代小説〈書き下ろし〉
秀士館を代表して納太刀をするため武家の信仰も篤い大山、阿夫利神社に向かう湯瀬直之進。だがその背中をヒタヒタと付け狙う男がいた。

鈴木英治
口入屋用心棒40
赤銅色《しゃくどういろ》の士
長編時代小説〈書き下ろし〉
湯瀬直之進の前に謎の強敵現る！　読売屋の養子に入った商人とは思えぬ風格を漂わせる男。ある日、男を探索していた岡っ引きが消えた。

鈴木英治
口入屋用心棒41
群青色《ぐんじょういろ》の波
長編時代小説〈書き下ろし〉
読売の主にして驚異の遣い手、庄之助。そのきな臭さの根源を探り、直之進、佐之助たちが動く。意外な真実が見えてきた……。

鈴木英治
口入屋用心棒42
黄金色《こがねいろ》の雲《くも》
長編時代小説〈書き下ろし〉
奉行所前で樺山富士太郎が襲われ、かばった珠吉が斬られた。怒りに燃える直之進らは下手人を追う。そしてついに決着をつける時が来た！

鈴木英治
口入屋用心棒43
御内儀《ごないぎ》の業《わざ》
長編時代小説〈書き下ろし〉
与力・荒俣土岐之助を恨み、命を狙う者がある。夫の危機に立ち向かうは女丈夫、菫子《すみれこ》。天下無双の薙刀をお見舞いする！

鈴木英治
口入屋用心棒44
拝領刀の謎
長編時代小説〈書き下ろし〉
寺社奉行が盗まれた神君家康公よりの拝領刀を探すよう、樺山富士太郎に密命が下る。この件が別途調べていた謎の転落死と奇妙に繋がる。

鈴木英治
口入屋用心棒45
火付けの槍
長編時代小説〈書き下ろし〉
殿、ご乱心——木坂藩の藩主が千代田の城で刃傷沙汰を起こした。その裏には幕閣の欲にまみれた陰謀があった。大人気シリーズ第45弾！

鳴神響一
エスパーニャのサムライ
天の女王
長編歴史活劇
十七世紀、無敵の帝国エスパーニャにとどまった伊達家のサムライが武士の誇りをかけて巨悪を斬る。とにかく痛快!! 冒険活劇ロマン。

野村胡堂
銭形平次捕物控　傑作集一
陰謀・仇討篇
名作時代小説短編集
映画やテレビでお馴染みの「銭形平次」。数多ある原作の中からテーマ別に六つの短編小説を厳選。今読んでも面白い、不朽の名作！

野村胡堂
銭形平次捕物控　傑作集二
人情感涙篇
名作時代小説短編集
名作『銭形平次捕物控』シリーズ全383篇の中から、厳選の6篇を収録。義理と人情に厚い平次親分の活躍を描く感涙のシリーズ第2弾！

野村胡堂
銭形平次捕物控　傑作集三
暗号・謎解き篇
名作時代小説短編集
暗号解読、密室殺人にアリバイ崩し——。江戸の名探偵・明神下の平次親分とガラッ八こと八五郎が難事件に挑む！　シリーズ第3弾！

野村胡堂
銭形平次捕物控　傑作集四
八五郎大変篇
名作時代小説短編集
平次親分の相棒、ガラッ八こと八五郎。おっちょこちょいで惚れっぽい純情男が巻き込まれる6つの事件。名作時代小説短編集第4弾！

野村胡堂
銭形平次捕物控　傑作集五
江戸風俗篇
名作時代小説短編集
富籤が引き起こす殺人、庶民を震撼させた連続放火、傾城番付ならぬ色男番付など、江戸時代の習俗に絡んだ事件に平次親分が挑む！